DANS TES YEUX

Un amour dans le ghetto

MAREK HALTER

DANS TES YEUX

Un amour dans le ghetto

XO
EDITIONS

ISBN : 978-2-37448-668-0

Pour Marianne

Pourquoi ce texte

Étrange mémoire !

Plus nous avançons dans la vie, plus le passé nous secoue, comme un volcan qui se réveille. Et, dans la lave et la fumée, nous distinguons des images et des visages depuis longtemps disparus.

Est-ce la raison pour laquelle on dit que les vieillards ont tendance à retomber dans l'enfance ? Je ne sais. Ce qui est certain, c'est que j'ai beau avoir de plus en plus de projets, mon enfance, par fragments, me hante. Par exemple, Ruth, ma voisine, rue Smocza à Varsovie. Elle avait quatre ans comme moi. Elle avait de grands yeux bleus et une longue natte noire. J'étais malheureux, car, malgré mes avances, elle n'a jamais dénié me regarder. Ma première déception amoureuse. Ô mon Dieu, c'est si loin et si près ! On dirait hier !

Je suis né à Varsovie, ville d'un million d'habitants, dont le tiers était juif. Avec ses restaurants et ses journaux, ses cinémas et ses théâtres, ses pauvres et ses riches, ses voleurs et ses mendiants, ses partis politiques, sa langue – le yiddish, ma langue maternelle… À Varsovie, chacun vivait accroché à l'air du temps. Ses nombreuses cours, qui sentaient bon le pain frais et le hareng salé, étaient comme des villages. On y vendait à la criée aussi bien des fruits venus de Palestine que des journaux en yiddish. La ville en comptait sept : de gauche, de droite, religieux, laïcs… À toute heure du jour et de la nuit, des grappes d'hommes, dans leurs redingotes noires, commentaient à grands gestes les nouvelles du jour. Les femmes, elles, blanchissaient le linge dans des lavoirs autour desquels jouaient des enfants en bas âge. Dans la bousculade du marché du dimanche, le lendemain du shabbat, et les appels des vendeurs de volaille, je me rappelle ce vieux Juif bossu qui attendait depuis toujours un client pour ses trois tomates ratatinées.

Ce monde-là, vivant et chaleureux, avec ses mœurs et ses prières, sa culture et ses lois, ce monde-là n'existe plus. Disparu, comme l'Atlantide de Platon.

Le mois de septembre 1939 sonna le prélude de son naufrage, quand les Allemands envahirent la ville. C'était le premier jour de Kippour, le « jour du Grand Pardon ». Il faisait froid. Mais le ciel était bleu. Les Juifs priaient dans les synagogues. La ville brûlait. Je sens encore l'odeur de roussi dans mes narines. Curieusement, ce sentiment de peur et de révolte m'envahit depuis chaque fois que je me heurte à la haine.

Le 2 octobre 1940, le gouverneur nazi Ludwig Fischer décréta la création du ghetto à Varsovie. Les Juifs, habitués aux persécutions, au lieu de se révolter – ce qu'ils firent plus tard, trop tard –, s'organisèrent pour survivre. En dépit du déluge imminent, ce peuple singulier, le seul à ma connaissance qui soit ancré à ce point dans le Livre, croyait que celui-ci le protégerait de la noyade. En attendant, il créa un prodigieux réseau d'entraide médicale, sociale et culturelle. Son souci : rendre moins pénible la vie de quatre cent mille hommes, femmes et enfants entassés dans un quartier de la ville prévu pour accueillir quarante mille habitants.

Ghetto : périmètre d'une ville coupé du monde, sorte de léproserie dont les malades sont isolés en raison de leur appartenance au peuple juif. Cette idée est née un jour de l'an 1516 dans la cervelle d'un doge de Venise. À Varsovie, en 1940, le ghetto devint l'un des plus grands « cimetières de vivants », réserve pour un peuple condamné à disparaître. Mais le désir de vie est plus fort que la mort. Aussi, avec un espoir insensé, les habitants juifs de Varsovie recréèrent, dans l'espace qui leur était assigné, un monde à eux, où les théâtres poursuivaient tant bien que mal leurs représentations devant un public enthousiaste, oubliant, le temps du spectacle, l'angoisse du lendemain.

Ô comme j'aimerais faire revivre la mémoire de ce monde englouti ! Ô comme j'aimerais entraîner mes lecteurs dans cette époque que je décris et qui m'a vu naître.

De ce passé, si contemporain, on découvre encore des textes d'auteurs qui auraient pu devenir célèbres, et des lettres d'amour de jeunes gens qui auraient pu, en d'autres temps, se fiancer ou se marier au son de la musique klezmer.

Oui, dans le ghetto, l'amour était présent. C'est à partir de cette découverte qu'est né le récit qui suit. *Dans tes yeux* est la combinaison d'un rêve d'amour impossible et du très beau chant, peut-être le plus beau que la Bible nous ait légué, du Cantique des cantiques. Le dialogue, à travers lequel deux amants expriment leur désir l'un pour l'autre, fait de ce texte profane un récit érotique par excellence. Selon les exégètes, il est l'expression de l'amour immuable entre Dieu et son peuple. Mais que serait Dieu sans amour ? Et que seraient les hommes sans désir ?

Je me souviens. Je me souviens de ces écoles talmudiques, où de jeunes gens habillés de noir, le visage pâle, se penchaient, comme leurs ancêtres, sur ces pages qu'ils apprenaient par cœur. Et, pour ne pas perdre une virgule, ils accompagnaient leur lecture de leur doigt. Aussi, dans chaque exemplaire, les lignes du Cantique des cantiques étaient estompées par ce geste qui atteste, mieux que tous les témoignages, leur désir d'amour.

Historiens et romanciers, peut-être par pudeur, ne se sont jamais demandé comment l'amour et le désir ont pu survivre dans des situations aussi dramatiques. Même dans les camps de la mort, où, me racontait Elie Wiesel, on surprenait un regard qui portait en lui le souvenir d'un amour rêvé ou vécu, amour qui émanait d'un corps squelettique, et suscitait pourtant le désir entre deux êtres.

Ce ne sont pas des hommes, mais des jeunes filles, Anne Frank d'Amsterdam, Rutka Laskier de Będzin et Mary Berg de Varsovie, qui, dans leurs journaux intimes, nous ont légué les traces de ces aventures qui n'ont pu aboutir.

En lisant leurs témoignages, on est submergé de questions. Toujours les mêmes. Pourquoi les Juifs de Pologne n'ont-ils pas quitté le pays à l'approche de l'armée allemande ? Et, une fois leur pays occupé, pourquoi ne se sont-ils pas révoltés ? Certains ont essayé. On connaît l'Organisation juive de combat (Żydowska Organizacja Bojowa), dirigée par Mordechaj Anielewicz. On connaît la révolte du ghetto de Varsovie. On connaît celles de Białystok, Vilnius, Kremenets, Sosnowiec, et même celles des camps d'Auschwitz et de Sobibor. Alors que la plupart des Juifs avaient déjà été assassinés ! Hannah Arendt, parmi d'autres, accusa l'éducation religieuse juive d'avoir éloigné la jeunesse de la réalité. Je lui répondis que cette explication me paraissait insuffisante. Elle avait côtoyé les Juifs allemands, pour la plupart assimilés, mais pas ce peuple juif d'Europe centrale que Stefan Zweig découvre et décrit dans *Le Monde d'hier*.

Je me souviens d'un soir, tout de suite après la guerre, où je marchais dans la nuit avec mon père. Varsovie était vide. Nous étions maigres, nous avions faim. Soudain, une bande de voyous nous entoura. Ils voulaient de l'argent. Mon père n'en avait pas… « Alors, sale Juif, tu vis dans notre ville et tu n'as même pas de fric ? » Mon père reçut un coup de tête dans la mâchoire. Il se mit à saigner et la bande se dispersa en riant.

J'en ai longtemps voulu à mon père de n'avoir pas réagi, de ne pas s'être battu. Il cessa d'être pour moi l'autorité que l'on respecte, que l'on craint et que l'on aime. Pourtant, je n'étais pas fier de moi : chaque fois qu'il souriait, la bouche légèrement pincée d'un côté à la suite du coup qu'il avait reçu, je me reprochais de ne pas l'avoir défendu.

Je compris bien plus tard que l'attitude de mon père était l'expression d'une culture. Chez les Juifs, le seul pouvoir digne d'admiration était celui de l'esprit. Attachés par-dessus tout à l'étude de la Bible, du Talmud, avides de savoir, ils ignoraient, dédaignaient la violence. C'est là sans doute une des raisons pour lesquelles les Juifs ne se soulevèrent pas et que les révoltes évoquées éclatèrent si tardivement. Plus : elles naquirent d'abord chez de jeunes gens engagés ailleurs, qui voulaient révolutionner la société en général et la société juive en particulier : les sionistes, les communistes et les bundistes (socialistes juifs laïcs antisionistes et antibolcheviques).

Comme pour appuyer cette thèse, la Résistance polonaise publia en 1943 le texte suivant : « Les citoyens polonais qui luttent derrière les murs du ghetto sont désormais plus proches et mieux compris de la population de la capitale que ces victimes gagnées par la passivité et la soumission qui se laissèrent traîner à la mort. »

Un monde qui privilégie les chefs militaires ou les révolutionnaires tels Spartacus, Jeanne d'Arc, Garibaldi ou Kościuszko, un monde où l'on chante « Aux armes, citoyens » ne peut comprendre une résistance non violente. Aussi a-t-on à peu près passé sous silence cette autre forme d'opposition à la haine adoptée par les Juifs de la diaspora tout au long de leur histoire qui, selon Bernanos, admiratif, bien qu'antisémite, consiste à tenir et à durer, et qui, pour être plus complexe et moins spectaculaire, leur a pourtant permis de survivre.

Mes protagonistes, Sulamithe et Salomon, parlent le yiddish, s'aiment en yiddish. Dans ma langue maternelle.

Le yiddish est alors le ciment qui maintient ce que Freud a appelé « l'invisible édifice du judaïsme ».

On s'interroge encore sur ses origines. Le yiddish emprunte l'alphabet hébraïque, s'écrit de droite à gauche, est composé d'environ 20 % de mots hébreux et de 60 % de mots germaniques, sans parler d'autres apports, surtout slaves. Si son lieu de naissance, dans les vallées du Rhin et du Main, est à peu près établi, en revanche, on situe mal la date de son apparition. Certains historiens pensent que ce fut au XIIIe siècle. En tout cas, la première manifestation écrite du yiddish connue fut découverte à Worms, en 1272, dans les marges d'un *mahzor*, un livre de prières.

Pour ma part, je placerais la naissance du yiddish à l'époque de l'Empire romain, vers le IVe siècle. Des Juifs, citoyens romains, avaient obtenu le droit de s'installer sur les grands axes marchands le long du Rhin à Mayence, Worms, Cologne et Spire ; sur le Danube à Ratisbonne et sur l'Elbe à Magdebourg. Dans ces régions, ils vivaient principalement du commerce. C'est ainsi qu'ils arrivèrent jusqu'aux rives de la Vistule.

Si la plupart des langues du monde sont nées de la nécessité de communiquer, le yiddish, lui, est né de la nécessité de se protéger. Le yiddish est une langue de résistance. Résistance à l'hostilité des peuples environnants qui toléraient les Juifs, mais ne les acceptaient pas.

Dans les yeshivot, les écoles religieuses, en revanche, l'enseignement se faisait en hébreu. On y apprenait la Bible et les commentaires, mais aussi les sciences, les arts, l'astronomie et la médecine. Dans la rue, dans les cafés, sur les marchés, on parlait le yiddish. D'où le proverbe : « L'hébreu on le parle, le yiddish se parle. »

Les femmes juives, alors, ne parlaient que le yiddish, car les yeshivot leur étaient fermées. Elles n'avaient pas non plus accès aux livres, donc à la connaissance. Elles exigèrent la traduction de la Bible en yiddish, devenant ainsi les seules à écrire dans cette langue. Le premier livre en yiddish, un journal intime, fut écrit par l'une d'elles, une certaine Glückel von Hameln (1646-1724).

Le yiddish est une langue de fraternité. De tout temps, il suffisait qu'un étranger s'adresse à vous en yiddish pour qu'il devienne votre frère. Cette langue, riche, variée et souvent inattendue, qui a, plus tard, marqué la littérature contemporaine, tant aux États-Unis (Philip Roth, Saul Bellow, Chaïm Potok, Isaac Bashevis Singer) qu'en Europe (Imre Kertész, André Schwarz-Bart et d'une certaine manière Romain Gary et Patrick Modiano) n'est plus. Disparue avec ce monde que je mets ici en scène.

Je suis un conteur. L'amour entre Sulamithe et Salomon aurait pu exister réellement. Il fait partie de ces histoires que les conteurs transmettent de génération en génération. Comme celles d'Orphée et Eurydice, de Roméo et Juliette, ou de Rouslan et Ludmila. Elles sont semblables, et pourtant si différentes, en raison de l'environnement dans lequel elles se déroulent. L'amour peut éclore telle une fleur, même sur un sol jonché de déchets. Orphée essaie de délivrer Eurydice des Enfers, tandis que dans le ghetto, ce purgatoire, cette antichambre de la fin, Sulamithe accepte de suivre Salomon, son bien-aimé, pour vivre pleinement leur amour. Dans ces pages, j'ai voulu décrire la vie quotidienne d'hommes et de femmes comme nous, mais qui se réveillent tous les jours devant la porte de l'enfer, en espérant que le souffle divin leur en épargnera l'accès. Enfant, j'ai connu ces gens et cette attente. Même si ma famille a eu la chance d'être secourue par des amis catholiques de mon père, imprimeurs et syndicalistes comme lui.

Dans tes yeux charrie donc deux histoires entremêlées : une histoire d'amour et celle du mal absolu, à travers le regard de Sulamithe. Ce mal dont je suis l'un des survivants. L'un des témoins. Mais témoigner du mal nous préserve-t-il de son retour ? Connaître une maladie empêche-t-il de tomber malade ? Non, bien sûr. La preuve : la haine du Juif, qui s'inscrit de nouveau sur les façades de nos immeubles.

Nous avons fait, il me semble, une faute d'appréciation. Nous avons cru qu'il suffisait de montrer l'horreur, la souffrance des victimes, pour faire pencher toute l'humanité vers la tolérance et lui faire prendre en dégoût la violence. En somme, que les hommes étaient naturellement bons, mais ignorants. Or, nous découvrons que le bourreau fascine autant que les victimes. Que le mal attire autant que le bien.

Alors, que nous reste-t-il pour nous préserver des dangers qui se profilent à l'horizon ?

Chaque société organisée dispose d'un arsenal de lois à mettre en œuvre à la moindre alerte. Sans exception et sans délai. Pascal disait que « la justice sans la force est impuissante », mais que « la force sans la justice est tyrannique ». Aussi propose-t-il de « mettre ensemble la justice et la force, et pour cela faire que ce qui est juste soit fort ou que ce qui est fort soit juste ». Autrement dit, il ne s'agit pas pour nous de changer la nature de l'homme, mais de protéger l'homme contre sa propre nature.

Quant à moi, plus mesuré dans mes exigences, je propose comme réponse ce cri d'amour d'une jeune Juive de Varsovie, de cette Anne Frank polonaise qui aurait pu, comme sa sœur d'Amsterdam, affirmer, malgré le destin tragique dont elle était consciente : « Je continue à croire que les hommes sont fondamentalement bons et généreux. »

Bouleversant !

Voici son récit.

Un amour dans le ghetto

— Sulamithe !

Mon père m'appelle.

Aujourd'hui, c'est mon anniversaire. J'ai douze ans. Je regarde l'horloge fixée sur le mur en face de mon lit. Elle marque huit heures moins dix. La pendule, elle, poursuit inlassablement son va-et-vient d'un bruit monotone : tic-tac, tic-tac.

Je me dépêche. Mon bien-aimé dévalera bientôt l'escalier, comme tous les matins, pour se rendre à la yeshiva qui se trouve dans la cour adjacente à la nôtre. Par la fenêtre qui touche le plafond, j'aperçois vaguement poindre le jour.

Nous habitons dans le soubassement d'un vieil immeuble donnant sur une vaste cour qui, comme la plupart de ces cours propres à

Varsovie, débouche sur une autre cour, puis sur une autre encore. Couverte de pavés ronds, chacune fonctionne à la manière d'un village aux façades ornées d'enseignes en yiddish, illustrées de chaussures, parapluies, chaises, vaisselle, robes, chapeaux, pantalons, clés…

Cet espace, que les enfants remplissent de leurs jeux à cœur joie, sert aussi aux rassemblements, aux réunions syndicales et aux fêtes foraines. Les marchands ambulants, ameutant le client en yiddish ou en polonais, s'y font entendre. Leurs cris se mêlent au grincement de roues des charrettes et au bruit des machines qui se propage par les fenêtres des ateliers et des fabriques qui occupent la plupart des étages. Ce charivari est amorcé dès l'aube par les vendeurs de bagels tout chauds, à peine sortis du four, et d'oranges venues de Jaffa. S'y joignent ensuite les vendeurs de harengs salés, de cornichons et de poulets casher…

Chaque cour de Varsovie est un village. La cour de la rue Smocza, où je suis née, est mon univers.

Mon bien-aimé s'appelle Salomon. Il habite au troisième étage. Son père possède la pâtisserie Studnia, bien connue en ville, qui donne sur notre rue.

Il est presque huit heures. Je sors sur le palier et j'entends ses pas. « Le voici, il vient, Sautant sur les montagnes, Bondissant sur les collines. Mon bien-aimé est semblable à la gazelle Ou au faon des biches. »

Il porte une redingote en soie sombre et un grand chapeau noir. Ses bras sont chargés de livres. Il fait semblant de ne pas me voir, mais en ouvrant la porte qui donne sur la cour, il se retourne et nos regards se croisent. De ses yeux clairs surgissent des paroles. Je les entends : « Comme un lis au milieu des épines, Telle est mon amie parmi les jeunes filles. »

Et moi : « Comme un pommier au milieu des arbres de la forêt, Tel est mon bien-aimé parmi les jeunes hommes. J'ai désiré m'asseoir à son ombre, Et son fruit est doux à mon palais. »

Née fille, je n'ai, quant à moi, pas le droit d'étudier. J'aide ma mère à faire la lessive, à nettoyer l'appartement et à préparer les repas. Mon grand-père Abraham, que sa mémoire soit bénie, m'a appris à lire et à écrire en yiddish. Je lis donc les Écritures saintes dans la traduction destinée aux femmes. Mon livre préféré est le Cantique des cantiques. Mon père dit qu'il s'agit de l'amour entre l'Éternel et son peuple. Peut-être…

À présent, il s'impatiente.

— Sulamithe ! crie-t-il.

Mais moi, j'ai hâte de regagner ma chambre pour voir passer et repasser devant ma fenêtre, comme chaque jour, mon bien-aimé. C'est un jeu entre nous. Je le reconnais à ses chaussures bien cirées, à ses chaussettes blanches et au bas de sa redingote noire. C'est comme s'il me parlait : « À ma jument qu'on attelle aux chars de Pharaon Je te compare, ô mon amie. Tes joues sont belles au milieu des colliers, Ton cou est beau au milieu des rangées de perles. »

Le voici. Il s'arrête.

« Lève-toi, mon amie, ma belle, et viens ! [...] Les fleurs paraissent sur la terre, Le temps de chanter est arrivé, Et la voix de la tourterelle se fait entendre dans nos campagnes. [...] Ma colombe, qui te tiens dans les fentes du rocher, Qui te caches dans les parois escarpées, Fais-moi voir ta figure, Fais-moi entendre ta voix ; Car ta voix est douce, et ta figure est agréable. »

Puis ses pas s'éloignent.

Mon père a une barbe fournie et un regard bon. Je l'ai toujours connu courbé. Peut-être est-ce à cause de son métier, cordonnier, qui le maintient penché le jour durant sur les chaussures des autres. Ces autres que je vois par ma fenêtre traverser la cour. Son minuscule atelier, qu'il partage avec son associé Mendel, se trouve au rez-de-chaussée de l'immeuble d'en face. J'aime y passer de temps en temps pour humer l'odeur du cuir, de la colle forte et de la cire.

La chambre où mon père m'attend sert aussi bien de chambre à coucher pour mes parents que de salle à manger. Quand j'arrive, il boucle la sacoche brodée dans laquelle il enferme son châle de prière, prêt à rejoindre son atelier.

— Te voilà enfin ! dit-il. Je t'attendais !

Puis, levant son regard tendre comme pour s'assurer qu'il parle à sa fille, il reprend :

– Aujourd'hui, tu as douze ans. J'ai demandé à ta mère de préparer un repas spécial.

Il se racle la gorge, signe qu'il a quelque chose d'important à me dire, et ajoute :

– Il faudra bientôt penser à te marier.

Je songe alors : « Je suis à mon bien-aimé, Et ses désirs se portent vers moi. Viens, mon bien-aimé, sortons dans les champs, Demeurons dans les villages ! Dès le matin nous irons aux vignes, Nous verrons si la vigne pousse, si la fleur s'ouvre, Si les grenadiers fleurissent. Là je te donnerai mon amour. Les mandragores répandent leur parfum, Et nous avons à nos portes tous les meilleurs fruits, Nouveaux et anciens : Mon bien-aimé, je les ai gardés pour toi. »

Mais la voix de mon père interrompt le Cantique :

– Yankel, le fils de Mendel, est un brave garçon… Travailleur, pieux…

Je cesse de respirer. Mais mon père est déjà à la porte. Il se retourne et lance :

– Bon anniversaire, ma fille !

Je ne réponds pas.

— Sulamithe !

Cette fois-ci, c'est ma mère qui m'appelle. Elle s'affaire dans la cuisine.

— Aide-moi à porter les habits de tes frères au lavoir. Quelques heures de pluie et leurs pantalons sont pleins de boue. Je ne sais comment ils font.

Au lavoir, plusieurs femmes essorent leur linge. À notre approche, elles lèvent la tête et s'exclament :

— Comme elle est belle, ta fille. Comme elle est grande ! Il est temps de lui trouver un fiancé !

Ma mère, plus prudente que mon père, répond :

— N'anticipons pas. La patience est la clé du paradis. D'abord, nous devons penser à Rosh Hashana. Ensuite, préparer Kippour…

Les femmes acquiescent.

Les fêtes tombent au mois de septembre cette année. Quelques jours avant le Nouvel An, une rosée blanche tapisse les pierres rondes de la cour qu'un rayon de soleil suffit à faire disparaître. Comme chaque année, les « jours terribles » qui précèdent les fêtes sont accompagnés d'une certaine fébrilité.

Aux traditionnels vendeurs de bagels et de cornichons salés s'ajoutent les vendeurs ambulants de légumes, de pistaches et de grenades importées de Palestine.

La veille de Rosh Hashana, alors que nous terminons les préparatifs, des sirènes se mettent à hurler. Comme une vrille s'enfonçant dans la tête. La peur s'invite dans les cours. De ma fenêtre, je vois les hommes qui se regroupent. Plus longtemps que d'habitude. Échangent-ils des nouvelles ? D'après mon père, elles sont mauvaises : les Allemands ont envahi la Pologne.

Le lendemain matin, ils commencent à bombarder Varsovie.

— Hitler a décidé de nous offrir une bougie pour les fêtes, dit mon père d'une voix lasse.

Ce jour-là, il invite à la maison Mendel et son fils Yankel. C'est un grand garçon, trop grand pour son âge. Son pantalon est trop court pour ses jambes longues. Son regard est insolent.

Je pense à mon bien-aimé : « Réveillez-vous, venez, vents du nord et du midi, répandez les parfums de mon jardin, pour qu'il exhale ses senteurs ! Et toi, mon amour, viens à ton jardin pour en manger les fruits exquis. »

D'autres voisins arrivent. Ils se mettent d'accord pour débarrasser les caves et en faire des abris.

La deuxième alerte vient, comme pour nous narguer, la veille de Kippour. On entend des explosions. L'affolement s'empare des habitants de l'immeuble. Tous veulent descendre en même temps dans la cave. Bousculades. Mes frères, qui ont déniché une torche je ne sais où, ouvrent la voie. Ma mère les suit. Mon père me saisit la main. Mais une explosion, plus proche, la fait glisser, et moi avec. J'essaie de me raccrocher au mur humide, sans résultat. La pression de la foule m'entraîne dans les entrailles de la cave. Dans la pénombre, je distingue le visage de mon bien-aimé.

« Reviens, reviens, Sulamithe ! Reviens, reviens, afin que nous te regardions.
– Qu'avez-vous à regarder la Sulamithe Comme une danse de deux chœurs ? Que tes pieds sont beaux dans ta chaussure, fille

de prince ! Les contours de ta hanche sont comme des colliers, Œuvre des mains d'un artiste. Ton sein est une coupe arrondie, Où le vin parfumé ne manque pas ; Ton corps est un tas de froment, Entouré de lis. Tes deux seins sont comme deux faons, Comme les jumeaux d'une gazelle. »

Et moi : « Oh ! Que n'es-tu mon frère, Allaité des mamelles de ma mère ! Je te rencontrerais dehors, je t'embrasserais, Et l'on ne me mépriserait pas. Je veux te conduire, t'amener à la maison de ma mère ; Tu me donneras tes instructions, Et je te ferai boire du vin parfumé, Du moût de mes grenades. Que sa main gauche soit sous ma tête, Et que sa droite m'embrasse ! »

Mon père, muni à son tour d'une torche, me repère quelques marches plus bas et me rattrape.

Fuis, mon bien-aimé ! Fuis !

*

* *

Quelques jours plus tard, les Allemands entrent dans Varsovie. Leurs patrouilles s'aventurent jusque dans nos cours. La faim prend l'immeuble en tenaille. Finis, les vendeurs ambulants ! Finis, les bagels et les cornichons salés ! Il faut maintenant des tickets de rationnement pour acheter du pain. Mon père a dû fermer son atelier. Mes frères passent des heures dans la file d'attente devant l'unique boulangerie du quartier, qui a remplacé la pâtisserie du père de Salomon.

Un matin, une balle perdue fauche le cheval de Yudel, le brocanteur, que l'on surnomme Shlimiel, « l'Homme sans chance ». La bête s'affaisse juste devant ma fenêtre. Je perçois le souffle de son museau dans le froid. À ma grande stupéfaction, les voisins affamés se précipitent avec leurs couteaux pour découper l'animal dont les flancs se soulèvent encore. J'ai la gorge nouée. L'estomac aussi. Mon bien-aimé voit-il la scène ? Je sors prudemment dans la cour et lève la tête. Il se tient dans l'embrasure de sa fenêtre. Nos regards se croisent une fois encore. Le sien exprime une infinie tristesse.

« Que ferons-nous de notre sœur, Le jour où on la recherchera ? Si elle est un mur, Nous bâtirons sur elle des créneaux d'argent ; Si elle est une porte, Nous la fermerons avec une planche de cèdre. »

Puis Salomon disparaît. Un instant après, je l'aperçois des livres plein les bras. Il se rend, comme à son habitude, à la yeshiva.

— L'Éternel ne ferme jamais ses ateliers, dit mon père, qui, non loin de moi, regardait la scène avec ma mère. Il n'est pas cordonnier, lui.

— Et il a bien raison, répond ma mère, car, au royaume de l'espoir, il n'y a pas d'hiver.

L'intervention de ma mère me surprend. C'est si rare qu'elle prenne la parole !

Ah, si on laissait parler les femmes ! Dans le Cantique des cantiques, la voix de Sulamithe n'est-elle pas plus belle, plus sonore que celle de Salomon ?

Deux jours plus tard, le fils de Mendel, celui que, selon mon père, je devais épouser, est arrêté lors d'une rafle rue Nalewki. Je suis triste pour l'associé de mon père, que j'aime bien, mais j'admets, et je n'en suis pas fière, que cette nouvelle me soulage. Car c'est vers mon bien-aimé, à qui je suis destinée, qu'est mon élan.

Il commence à neiger. De gros flocons, légers comme des papillons, se faufilent entre les murs de la cour, la couvrant d'un duvet blanc vite transformé en boue.

Mon père nous prévient que, demain, des milliers de Juifs des environs de Varsovie déferleront dans nos quartiers. Il faudra les loger. Grâce à Mendel, qui dirige le syndicat des cordonniers et qui connaît quelqu'un au Conseil de la communauté, nous pouvons choisir nos colocataires. Nous partagerons notre appartement avec Deborah, la sœur de ma mère. Son mari, Josef Fajnberg, fabrique des jouets et des masques que l'on achète pour les enfants à Pourim. Deborah a quatre garçons et une fille, Topcia. Ils habitaient depuis des années à Łochów, à une cinquantaine de kilomètres de la ville.

Mon père me dit que je dois partager ma chambre avec ma cousine Topcia. Je m'inquiète. En sa présence, pourrai-je encore entendre les pas de mon bien-aimé dans l'escalier le matin ?

« J'étais endormie, mais mon cœur veillait… C'est la voix de mon bien-aimé, qui frappe : – Ouvre-moi, ma sœur, mon amie, Ma colombe, ma parfaite ! Car ma tête est couverte de rosée, Mes boucles sont pleines des gouttes de la nuit. »

Je sursaute. Mais ce n'est qu'un rêve.

Le jour n'est pas encore levé. J'allume une bougie. Face à mon lit, l'horloge indique huit heures moins dix. Des bruits dans la cour couvrent presque le tic-tac de la pendule. Je m'habille à la hâte et sors sur le palier. Mon bien-aimé n'est pas là. « Où est allé [mon] bien-aimé […] ? De quel côté [mon] bien-aimé s'est-il dirigé ? » Je retourne dans ma chambre. L'horloge indique huit heures dix. Je me précipite dehors. La cour est remplie de charrettes à bras chargées de meubles, de valises mal ficelées, de baluchons de toutes les tailles et de toutes les couleurs. On dirait le marché hebdomadaire d'Otwock où mon père m'a amenée quelques jours avant la guerre.

Près de chaque chariot, des grappes d'enfants emmitouflés s'accrochent au manteau de leurs mères. Les hommes, eux, discutent non loin, accompagnant leurs paroles de grands gestes. Tous attendent le lever du jour pour que les employés de la mairie leur attribuent enfin un logement.

Entre-temps, quelqu'un a allumé, en plein milieu de la cour, un feu de camp autour duquel une foule compacte espère se réchauffer tant bien que mal.

Ô mon bien-aimé ! « J'ai cherché celui que mon cœur aime ; Je l'ai cherché, et je ne l'ai point trouvé… Je me lèverai, et je ferai le tour de la ville, Dans les rues et sur les places ; Je chercherai celui que mon cœur aime… Je l'ai cherché, et je ne l'ai point trouvé. Les gardes qui font la ronde dans la ville m'ont rencontrée : Avez-vous vu celui que mon cœur aime ? »

La nuit se dissipe doucement. Les nouveaux venus déchargent peu à peu leurs biens. Çà et là, des exclamations, des rires provoqués par les retrouvailles déchirent l'air froid. Puis, dans un éclair de soleil balayant furtivement la cour, j'aperçois mon père portant un gros baluchon au côté de ma tante Deborah. Son mari trotte derrière eux, une valise sur l'épaule.

– La yeshiva du rebbe est partie hier à Otwock, dit mon père comme s'il lisait dans mes pensées. Demain, les Allemands l'obligeront à revenir à Varsovie. Car c'est ici que nous devons tous mourir.

– *Tfuu, tfuu*, fait ma mère, les enfants de sa sœur accrochés à ses bras. Ne dis pas de bêtises. Avance. La mort n'est pas une excuse.

Topcia n'a que dix ans. Elle est rondelette, a des boucles châtains et un regard noir, mobile, curieux. Sa peau est blanc pâle, presque transparente. À côté d'elle, avec mes cheveux bien noirs et mon teint mat, je ressemble à une noiraude. C'est d'ailleurs comme ça que mes frères me surnomment. Mon père installe pour elle un matelas près de mon lit. Il nous reste peu de place pour nous mouvoir. Que ferai-je si mon bien-aimé arrive ?

« Je vous en conjure, filles de Jérusalem,
Par les gazelles et les biches des champs,
Ne réveillez pas, ne réveillez pas l'amour,
Avant qu'elle le veuille. »

Topcia ne tient pas en place. Il faut qu'elle bouge, qu'elle parle. Elle m'entraîne dans le quartier pour voir comment on élève un mur derrière la rue Złota. C'est la première fois depuis bien longtemps que je quitte mon univers, ma cour. La rue Złota ne se trouve pas très loin, mais la foule qui nous en sépare est dense. Les Juifs de Varsovie se pressent pour voir ce mur qui va les couper du monde extérieur. Cette nouvelle frontière en brique rouge, qu'ils n'auront plus le droit de franchir. Et, curieusement, personne ne proteste. Comme si ça allait de soi.

À notre retour, nous trouvons ma mère et sa sœur Deborah à l'entrée de l'immeuble.

— Je me faisais un sang d'encre, lance ma mère avec colère. La curiosité mène à l'enfer.

— C'est quoi, l'enfer ? demande Topcia. Le ghetto ?

— Où as-tu entendu ce mot ? demande ma mère.

— Des amis de mon père en parlaient hier encore. Il y en a déjà un à Łódź depuis le mois dernier, paraît-il.

Mon père nous rejoint.

— Le rebbe et sa yeshiva sont de retour à Varsovie. Je l'avais bien dit !

Mon cœur cesse soudain de battre.

« Qu'a ton bien-aimé de plus qu'un autre, Ô la plus belle des femmes ? Qu'a ton bien-aimé de plus qu'un autre, Pour que tu nous conjures ainsi ? »

Le lendemain matin, sans faire de bruit, pour ne pas réveiller Topcia, j'allume la bougie. L'horloge, face à mon lit, indique huit heures moins dix. Le tic-tac résonne dans ma tête. Je m'habille et sors sur le palier. Et, comme si le temps n'existait pas, comme si les événements que nous avons vécus ces jours-ci appartenaient déjà à ce passé dont parlent les livres que mon bien-aimé porte dans ses bras, je le vois.

En sortant de l'immeuble, il se retourne, comme d'habitude. Mais son regard clair me paraît plus intense. J'ai l'impression qu'il me parle.

« Tu es un jardin fermé, ma sœur, ma fiancée, Une source fermée, une fontaine scellée. »

Je sursaute. Topcia, qui n'est jamais bien loin, se trouve à mon côté.

– C'est lui, ton bien-aimé ?

Elle est pieds nus et en chemise de nuit. Ses cheveux sont dépeignés.

– Rentre dans la chambre ! dis-je, contrariée qu'elle m'ait surprise dans mon rituel. Tu vas attraper froid !

Trop tard. Mon bien-aimé est déjà passé devant ma fenêtre pour rejoindre sa yeshiva.

*

* *

Le va-et-vient dans la cour ne s'arrête pas pour autant. Si les marchands ambulants, avec leurs charrettes à bras, ont disparu, des camions remplis de marchandises de contrebande ont pris leur place, provoquant des attroupements semblables à ceux d'autrefois.

Bientôt, les Allemands exigent de la communauté qu'elle interdise ce commerce illicite. Le Conseil décide la création d'une police juive pour prêter main-forte aux agents polonais qui patrouillent dans le ghetto. Le fils de Mendel, qui n'a pourtant que dix-sept ans, revenu à Varsovie par je ne sais quel miracle, est recruté. On dit que, pour ce faire, et parce qu'il est persuadé que cette place sera la plus sûre pour son fils, Mendel a dû soudoyer un certain Fürstenberg, l'un des adjoints du commissaire. Le jeune Yankel porte une casquette plate et, sur son avant-bras droit, un brassard blanc brodé d'une étoile à six branches bleue et de l'inscription « Police juive du ghetto ». Enfin, accrochée à la ceinture, une matraque noire. Son travail à lui consiste à vider le quartier de ses mendiants, devenus de vraies plaies pour le ghetto. Chassés, ils quittent une rue pour une autre. Normal.

Où peuvent-ils aller, puisque notre quartier est dorénavant clos ?

Où sont-ils, ces « vaillants hommes, Des plus vaillants d'Israël », dont, dit le Cantique des cantiques, « Chacun porte l'épée sur sa hanche, En vue des alarmes nocturnes » ? Où est-il, mon roi Salomon ? Il « s'est fait une litière De bois du Liban. Il en a fait les colonnes d'argent, Le dossier d'or, Le siège de pourpre [...]. Sortez, filles de Sion, regardez Le roi Salomon ».

Pour admirer mon roi, nous ne sommes que deux le lendemain matin : Topcia et moi.

— Qu'il est beau ! répète ma cousine lorsque, comme à l'accoutumée, il se retourne en passant la porte de l'immeuble.

Puis nous courons dans la chambre pour le voir, chargé de livres, passer et repasser devant la fenêtre.

— Heureusement, dit mon père, que de jeunes Juifs restent, comme des télégraphistes, jour et nuit à l'écoute de Dieu. Sans eux, si Dieu avait un message à nous transmettre, nous ne le saurions pas.

*

* *

Le shabbat approche. Aurons-nous assez de bougies pour Hanoucca, notre « fête des Lumières », en mémoire de la résistance des Juifs de Judée face aux Grecs antiques ? On dit que, du côté chrétien, il y en a à profusion sur les arbres de Noël. Les quelques familles converties, considérées comme juives par les Allemands et enfermées comme nous dans le ghetto, ont du mal à s'en procurer pour décorer leur petit sapin.

Mon père a trouvé du travail dans une fabrique de chaussures destinées aux « Aryens ». La main-d'œuvre dans le ghetto est bien moins chère qu'au-delà du mur. Aussi les Polonais chrétiens et les Allemands en profitent-ils pour ouvrir de nouvelles usines de toutes sortes. Le chômage dans le ghetto baisse. La boulangerie de la rue Smocza, reprise par le père de Salomon, est redevenue un salon de thé.

C'est la dernière éclaircie avant la tempête. Les nazis ferment subitement plusieurs ateliers et, malgré l'essor de la contrebande, les produits de première nécessité se font rares. La fabrique de chaussures où travaille mon père est encore en activité. Mais pour combien de temps ? La misère croît.

Dans la cour, et dans les rues, où il m'arrive d'errer, accompagnée de Topcia qui ne me quitte pas d'une semelle, le spectacle est affolant. Sous les portes cochères, la neige, souillée par le passage constant des habitants, forme de petits tas sombres servant de sièges à des femmes en haillons, contre lesquelles se serrent des enfants aux joues couvertes de crevasses. Là, elles tendent la main, espérant une aumône.

Quand, au dîner, je parle de ces femmes et de leurs enfants, mon père affirme, d'une voix calme, trop calme, glaçante :

— Ils mourront bientôt de faim.

Le temps lui donne raison. Quelques jours plus tard, en suivant le même itinéraire, nous découvrons, gisant dans la neige, le cadavre d'un vieillard au visage bleui et aux yeux encore grands ouverts. Pendant que je le regarde, trois Juifs robustes, habillés de noir et portant le brassard blanc à étoile rouge des pompes funèbres, enlèvent sa dépouille avant de la jeter sans ménagement sur d'autres corps amoncelés dans un chariot qu'ils poussent ensuite en direction de la rue Grzybowska où, juste en face de la prison, se trouve la morgue. Je pleure.

Dès notre retour, je me réfugie dans ma chambre et me plonge dans le Cantique des cantiques. Heureusement que l'amour existe. N'est-il pas plus fort que la mort ? Et le rêve d'amour encore plus fort que l'amour ?

« Mets-moi comme un sceau sur ton cœur, Comme un sceau sur ton bras ; Car l'amour est fort comme la mort, La jalousie est inflexible comme le séjour des morts ; Ses ardeurs sont des ardeurs de feu, Une flamme de l'Éternel. »

D'après mon frère David, qui colporte toutes les nouvelles, bonnes ou mauvaises, circulant dans le ghetto, le fameux rabbin Bornstein de Płońsk a prononcé, la veille du shabbat, un discours très remarqué devant l'Association d'entraide sociale juive. Après quoi, il aurait déposé dans la caisse de l'association deux cents zlotys recueillis auprès des Juifs de son quartier.

Informés de ce don « miraculeux », certains hassidim (fait inouï pour ces Juifs orthodoxes habituellement si pieux) ont proposé d'acheter de l'alcool afin de se donner du courage et d'éviter de sombrer dans le désespoir.

– Un peu d'allégresse fait dissiper les ténèbres, ont-ils dit.

La majorité, attachée à la racine hébraïque de leur nom, « générosité », a protesté : l'argent doit servir aux pauvres, rien qu'aux pauvres. On a finalement trouvé un compromis. Quelques zlotys serviront à l'achat d'une bouteille de schnaps fabriqué clandestinement dans le ghetto et de deux miches de pain. Le reste sera versé aux nécessiteux.

Ainsi, chacun des présents a eu droit à une gorgée d'alcool et à un bout de pain. Tout cela accompagné de prières, de chants et de danses hassidiques « pour irriter les méchants ». On dit que la fête s'est prolongée tard dans la nuit.

Cette histoire a fait le tour du ghetto. Et suscité beaucoup de commentaires. Quant à moi, je me demande si le rebbe de notre cour a participé ou non à cette réunion, et ce que pense de cet événement mon bien-aimé. Celui dont les « yeux sont comme des colombes au bord des ruisseaux, Se baignant dans le lait, Reposant au sein de l'abondance ».

Heureusement que je peux me réfugier dans le Cantique des cantiques !

Le lendemain, peu de temps après le passage de mon bien-aimé, une jeep allemande arrive en trombe dans notre cour. En descend un groupe d'officiers en uniforme brun-beige, des SA, portant un brassard rouge orné de la croix gammée. On dit qu'ils sont à la recherche d'une imprimerie clandestine. Ma tante Deborah vient aussitôt nous trouver, Topcia et moi, pour que nous restions ensemble. Ma mère est sortie et mon père est au travail.

Le soir, pendant le dîner – un plat de haricots blancs, et un bouillon fait d'eau chaude et de quelques miches de pain rassis, comme chaque jour –, on ne parle que de cela : l'imprimerie clandestine.

– Pas possible ! dit mon père. Nous aurions su !

Mendel, qui est là, sort de sa besace le dernier exemplaire de la *Gazeta Żydowska*, le seul journal juif autorisé dans le ghetto. Il met ses lunettes et tourne les pages à la recherche d'une preuve qu'il ne trouve pas. Puis, l'air satisfait, il pointe du doigt un encadré au bas d'une colonne, à peine visible : « Rédaction et imprimerie : rue Elektoralna ».

– Tu oublies, l'interrompt mon père, que la feuille dont on parle est celle que les distributeurs du journal introduisent au dernier moment dans chaque exemplaire.

Je me souviens alors qu'un jour mon père, après avoir fermé la porte à clé, nous avait montré l'une de ces feuilles défendues, lues par tous les habitants du ghetto : « Disparus ».

⋆

⋆ ⋆

Les aiguilles de l'horloge qui trône sur le mur de ma chambre, face à mon lit, continuent à avancer, imperturbables.

Il n'y a pas si longtemps que nous avons fêté Hanoucca et voici que mon oncle Josef Fajnberg nous parle déjà de Pourim. Cette fête-là n'est pas demain, mais, comme le dit ma mère, mon oncle a des masques à revendre. Ghetto ou pas, lors de la dernière pleine lune de l'hiver, les enfants ne manqueront pour rien la traditionnelle cacophonie des crécelles en bois peint que l'on agite afin de maudire le nom d'Aman, ministre du roi de Perse, qui avait condamné les Juifs de l'Empire achéménide à périr, et de rappeler leur sauvetage par la reine Esther. Aussi Josef continue-t-il dans son coin à tailler des morceaux de bois qu'il déniche dans une scierie abandonnée pour façonner ces jouets musicaux dont les enfants juifs raffolent.

Mon père, grâce à l'un de ses clients catholiques, Maciek Słonimski, propriétaire de plusieurs magasins de chaussures du côté aryen, a obtenu une bouteille de vin casher que celui-ci avait reçue, avant la guerre, du rebbe Alter de Gur (de la ville de Góra Kalwaria, comme disent les chrétiens).

Il nous faut encore trouver quelque chose à manger. Car, après la journée de jeûne qui précède la fête de Pourim, tout le monde a faim. Or, à la pâtisserie Studnia, où l'on peut acheter des petits pains triangulaires au pavot, les prix sont exorbitants.

— L'Éternel ne veut pas que nous mourions de faim, dit mon père. Pas tout de suite.

Le soir, au moment de nous coucher, quelqu'un frappe à la porte. C'est le cousin Shmuel, qui travaille dans un restaurant de la rue Nowolipie, près du théâtre de marionnettes Nowy Azazel, le « diable », en hébreu. Il a l'habitude de venir nous saluer en rentrant chez lui, mais nous ne l'avions pas vu depuis au moins deux mois et ma mère commençait à s'inquiéter.

Shmuel est un homme décharné, mais vif, et au verbe facile. Midi et soir, il lave les tables du restaurant et passe la serpillière.

— Qu'est-il arrivé ? demande ma mère. Tu n'as pas l'air bien.

— Je viens de perdre mon emploi.

Nous nous sommes tous rassis pour écouter la suite.

– Et pourtant, reprend Shmuel non sans amertume, le restaurant ne désemplit pas.

– Mais qui donc va au restaurant ? questionne, curieuse, ma tante Deborah.

– Les Juifs comme vous et moi, répond Shmuel de sa voix perçante. Riches avant la guerre, ils ont su, jusqu'à ce jour, garder quelques économies.

– Et d'où proviennent les denrées qui servent à préparer les repas ? poursuit Deborah.

– Du côté aryen, bien sûr ! lance Shmuel. Des catholiques, et même certains Allemands, ont investi dans les restaurants juifs… Dans la contrebande aussi. La plupart des cafés ont même des orchestres ! Tout le monde sait que le ghetto ne manque pas de musiciens !

J'écoute le cousin Shmuel, incrédule. Nous sommes si loin du Cantique des cantiques, des mélodies de la lyre et du son des cymbales qu'affectionne le roi Salomon de la Bible.

— Il y a d'autres restaurants dans le ghetto ? demande ma mère, stupéfaite.

L'œil du cousin Shmuel s'illumine. On dirait qu'il est à son affaire.

— Un nouveau vient d'ouvrir hier encore, dit-il, 16, rue Sienna, dans la maison où se trouve une école d'art. Il y en a un autre près du théâtre Femina, rue Leszno. On y voit souvent le président du Conseil, Adam Czerniaków. Lui, il habite rue Elektoralna, près de la rédaction de la *Gazeta Żydowska*.

Puis, comme pour parer à l'étonnement qui se lit certainement sur nos visages, il nous parle soudain de charité.

— Pour aider les orphelins, notre restaurant cuisine tous les vendredis une grande marmite de soupe que je portais à l'hôpital pour enfants Bersohn et Bauman. Il y a bien d'autres œuvres de charité, ajoute-t-il. Tenez, par exemple, celle de la cuillère ! Deux fois par semaine, on recueille auprès des locataires du quartier deux cuillères de sucre chez les uns, deux cuillères de farine ou de gruau chez les autres, et même une ou deux pommes de terre. Tout cela pour nourrir les enfants affamés…

Brusquement, Shmuel regarde sa montre.

— Il est bien tard ! Je vous empêche de vous mettre au lit… Et ma femme ne sait pas encore que je suis au chômage.

Il se lève et sort sans même prendre congé.

— Que les raisins prient pour la santé du cep ! dit ma mère une fois la porte refermée.

★

★ ★

Ah, l'horloge ! L'heure est dans ma tête. Je me réveille à huit heures moins dix pile. Le soleil se lève chaque jour un peu plus tôt. Le printemps approche. Je me dépêche. Mon bien-aimé va apparaître. Voici qu'il descend. Il porte toujours sa redingote noire en soie ; ses papillotes blondes bordent son visage pâle. Arrivé à ma hauteur, il ralentit le pas pour la première fois. Cela ne dure que quelques secondes. Le temps de me dire, j'imagine : « Tu es belle, mon amie, comme Thirtsa, Agréable comme Jérusalem, Mais terrible comme des troupes sous leurs bannières. Détourne de moi tes yeux, car ils me troublent. Tes cheveux sont comme un troupeau de chèvres, Suspendues aux flancs de Galaad. Tes dents sont comme un troupeau de brebis, Qui remontent de l'abreuvoir ; Toutes portent des jumeaux, Aucune d'elles n'est stérile. Ta joue est comme une moitié de grenade, Derrière ton voile... »

Mais, au moment où Topcia me rejoint, il accélère le pas.

Une pluie tiède arrose la cour. Je passe ma journée à nettoyer l'appartement avec ma mère. Il est de plus en plus encombré. Puis nous préparons le repas. Ce soir, la soupe prendra de la couleur : chacun a droit à une carotte.

Mes frères ont appris que les Juifs de Radom arriveront bientôt dans le ghetto. Le quartier s'étoffe. La nourriture, elle, manque de plus en plus. Pendant que ma mère nous rappelle que nous avons un cousin à Radom, Moshé « le Boiteux », Mendel se présente. D'un geste théâtral, il pose sur la table, tel un trophée, une petite bouteille de schnaps que son fils policier a confisquée à quelque malheureux.

— Les Russes viennent de repousser les Allemands qui assiégeaient Leningrad, annonce-t-il fièrement. Ça s'arrose !

— Ils se battent pour eux, objecte mon père, pas pour nous.

— Mais le monde est un, mon ami, répond Mendel. Même ici, dans le ghetto, on constate que Marx avait raison…

— En effet, ajoute ma mère, on oublie souvent qu'il ne peut pas pleuvoir chez les voisins sans que tous les habitants de l'immeuble aient les pieds mouillés…

Plus tard, en s'installant sur son matelas, Topcia me demande :

— C'est qui, Marx ?

Quelques jours après, des avions russes bombardent les banlieues de Varsovie. Au loin, nous voyons des colonnes de fumée. Puis plus rien. La vie dans le ghetto reprend son rythme. Les rumeurs aussi. Les hommes subissent de nombreuses « rafles de déportation », dit-on. Les nazis ont besoin de main-d'œuvre. Pour l'instant, notre cour est épargnée.

*
* *

Peu de temps avant Pourim, Yankel, le policier, apprend que les Allemands s'apprêtent, pour s'amuser, à déverser un camion de pommes de terre pourries et gelées devant l'entrée du ghetto. Rien que pour voir la réaction des Juifs. Il en parle à son père. Dubitatif, ce dernier partage la nouvelle avec mon père, qui nous en parle le soir même à table. La nouvelle ne tombe pas dans l'oreille d'un sourd. Les quatre fils du cousin Shmuel, qui passent leur temps chez nous avec mes frères et qui font partie d'un gang que l'on appelle « les sans-loi », décident d'organiser un guet dans le grenier d'un immeuble de la rue Złota qui surplombe le mur.

Aussi sont-ils les premiers à voir le camion s'approcher de l'entrée du ghetto. Ils descendent de leur perchoir, descellent quelques briques du mur dont ils connaissent le moindre centimètre, passent du côté aryen et remplissent de pommes de terre des dizaines de sacs qu'ils s'empressent de jeter par-dessus la barrière rehaussée de barbelés. Puis ils rentrent dans le ghetto à travers l'ouverture qu'ils rebouchent derrière eux.

Leur exploit suscite l'admiration du quartier. La vente d'une partie de ce précieux butin leur permet d'acheter au marché noir de l'huile, du sucre et quelques fruits.

La veille de Pourim, ma mère, aidée de sa sœur Deborah, a passé des heures à râper des patates. Ainsi, pour la fête, nous avons pu déguster de vraies *latkes*, des galettes de pommes de terre, et boire un thé préparé à partir d'herbes et de feuilles d'eucalyptus. Tout cela en récitant le kiddoush, la bénédiction prononcée sur la coupe de vin casher. Nous étions une vingtaine, serrés autour de la table. Un miracle !

Avons-nous fait beaucoup de bruit hier soir ? Nos chants ont-ils réveillé nos voisins ? Le fait est que, ce matin, sur le palier, mon bien-aimé arbore un sourire complice. Peut-être même troublé. D'ailleurs, en quittant l'immeuble, il fait tomber son *mahzor*, son livre de prières. Volontairement ? Je le ramasse et cours derrière lui.

« Qu'il me baise des baisers de sa bouche ! Car ton amour vaut mieux que le vin, Tes parfums ont une odeur suave ; Ton nom est un parfum qui se répand ; C'est pourquoi les jeunes filles t'aiment. Entraîne-moi après toi ! Nous courrons ! Le roi m'introduit dans ses appartements… Nous nous égaierons, nous nous réjouirons à cause de toi ; Nous célébrerons ton amour plus que le vin. C'est avec raison que l'on t'aime. Je suis noire, mais je suis belle, filles de Jérusalem, Comme les tentes de Kédar, comme les pavillons de Salomon. Ne prenez pas garde à mon teint noir : C'est le soleil qui m'a brûlée. Les fils de ma mère se sont irrités contre moi, Ils m'ont faite gardienne des vignes. Ma vigne, à moi, je ne l'ai pas gardée. Dis-moi, ô toi que mon cœur aime, Où tu fais paître tes brebis, Où tu les fais reposer à midi ; Car pourquoi serais-je comme une égarée Près des troupeaux de tes compagnons ? »

Je cherche mon bien-aimé, sans le trouver. De retour dans ma chambre, que Dieu me pardonne, j'arrache la première page du Cantique des cantiques, et l'insère dans le *mahzor* de Salomon. Le lendemain, lorsqu'il passe devant moi en descendant l'escalier, je lui tends son livre de prières. Il le prend sans me regarder, mais sa main tremble. Ce jour-là, en sortant de l'immeuble, il ne se retourne pas vers moi comme à son habitude. Mais son va-et-vient devant ma fenêtre dure plus longtemps. Même Topcia le remarque.

⋆
⋆ ⋆

Le printemps est là. Notre deuxième printemps dans le ghetto. Topcia, très excitée, m'entraîne dans la rue afin de contempler le premier tramway tiré par des chevaux. Les wagons sont en bois, le bas peint en bleu, le haut en jaune. Au milieu s'étale une étoile de David blanche accompagnée des lettres TKO, initiales de l'expression polonaise Towarzystwo Konnych Omnibusów, « Compagnie des omnibus hippomobiles ». J'apprendrai plus tard qu'on appelle ce tramway *kohnhelerka*, du nom des deux

Juifs, Kohn et Heller, qui ont créé cette société de transport en commun.

Mendel, toujours au courant de tout, grâce à son fils qui, entre-temps, est monté en grade au sein de la police, nous annonce la création d'une autre société juive parrainée par la Gestapo. À l'origine de cette société se trouvent les trois frères Rozenfeld. Ils ont proposé au président du Conseil juif, Czerniaków, de prendre en charge le déblayage des immeubles détruits lors du bombardement de Varsovie par les Allemands, et qui servaient, depuis, de gîtes aux sans-abri et de repaires à des bandes de malfrats de toutes sortes. En échange de leur travail, les frères Rozenfeld ont obtenu l'autorisation de transformer ces lopins de terre ainsi nettoyés en espaces verts. Avec l'idée d'y planter des légumes. Ils ont, paraît-il, recruté des jeunes sionistes de gauche qui aspirent à partir en Israël pour travailler dans des fermes collectives, les kibboutzim, comme on dit en hébreu.

Ainsi, à l'été 1942, le ghetto voit apparaître sur le marché noir des légumes frais : radis, tomates, choux-fleurs, carottes… Une partie des bénéfices, assure Mendel, finissent dans la poche des gradés SS.

Topcia, toujours curieuse, nous incite, mes frères et moi, à visiter ces jardins potagers. Nous ne sommes pas seuls. Des dizaines d'enfants nous ont précédés pour contempler ces légumes qui sortent en abondance de la terre, à l'ombre des pans de murs calcinés.

Je repense au Cantique des cantiques, le seul texte que je relis sans cesse.

« Mon bien-aimé est descendu à son jardin, Au parterre d'aromates, Pour faire paître son troupeau dans les jardins, Et pour cueillir des lis. »

La police juive ne tarde pas à nous chasser de cet éden.

Les événements ne laissent guère de temps pour les questions qui me taraudent. La cour est remplie de nouveaux arrivants, certains en haillons, entourant leurs charrettes à bras. Ils viennent de Radom.

— Nous sommes les derniers survivants, disent-ils.

Comme nous nous y attendions, ma mère retrouve parmi eux son cousin Moshé « le Boiteux ». Un grand gaillard timide, kippa noire sur la tête et barbe courte. Il est vitrier de son métier.

Nous sortons tous les meubles de la salle à manger et couvrons le sol de matelas. Dorénavant, nous partagerons nos repas dans la cuisine. Debout. Moshé a une femme plutôt jolie, aux cheveux blond vénitien cachés dans un foulard coloré, et trois enfants : deux filles et un garçon, Élie, qui a mon âge. Heureusement, ma chambrette est si minuscule que personne n'ose nous proposer, à Topcia et à moi, de nouveaux locataires.

⋆

⋆ ⋆

L'été s'annonce chaud. Ceux de nos voisins qui ont des balcons cultivent, dans des caisses, des radis, des petits pois, des tomates.

— De plus en plus d'habitants du ghetto disparaissent, fait remarquer Mendel un soir, et pourtant, nous sommes toujours presque cinq cent mille en ville.

— Parce que les survivants des autres villes viennent se réfugier ici, constate ma tante Deborah.

L'air est frais dans notre appartement. L'un des avantages d'être au sous-sol. Mais les enfants de la maison ne tiennent pas en place. Avec Topcia et ses frères, nous nous aventurons dans la rue. Les immondices qui s'accumulent devant notre immeuble se décomposent sous les rayons du soleil. L'odeur est insoutenable. J'ai hâte de retourner dans ma chambre, mais Topcia me retient. Surgit une colonne de camions chargés de détenus de Pawiak, la prison de la Gestapo à Varsovie. Ils passent devant nous à faible allure. Matraque à la main, les gardes qui escortent les véhicules s'attaquent aux passants, sans distinction. Nous nous réfugions sous un porche.

Le soir, Yudel le brocanteur nous raconte la suite. Dans l'étroite rue Karmelicka, un agent de la Gestapo, assis à l'arrière du dernier camion, s'est mis à agresser les passants sans raison, avec un long fouet dont l'extrémité était lestée de plomb. J'en tremble.

Le lendemain survient un événement inattendu. En descendant l'escalier, comme chaque matin, mon bien-aimé laisse tomber la page du Cantique des cantiques que j'avais glissée dans son livre de prières à la fin de l'hiver. Dessus, il a inscrit, de son écriture presque enfantine, le dernier verset du sixième chapitre : « Reviens, reviens, Sulamithe ! Reviens, reviens, afin que nous te regardions. »

Alors il m'aime !

« J'ai ôté ma tunique ; comment la remettrais-je ? J'ai lavé mes pieds ; comment les salirais-je ? Mon bien-aimé a passé la main par la fenêtre, Et mes entrailles se sont émues pour lui. Je me suis levée pour ouvrir à mon bien-aimé ; Et de mes mains a dégoutté la myrrhe, De mes doigts, la myrrhe répandue Sur la poignée du verrou. J'ai ouvert à mon bien-aimé ; Mais mon bien-aimé s'en était allé, il avait disparu. »

Je cours derrière Salomon, Topcia sur les talons. Mais il s'est déjà fondu dans la foule qui se dirige vers la seconde cour, là où se trouve sa yeshiva. Cette cour-là est plus vaste que la nôtre. Sur les façades, il y a plus d'enseignes encore. Au fond, vers la sortie donnant sur la rue Karmelicka, un panneau noir domine tous les autres : celui des pompes funèbres Pinkiert. Sa seule vue me fait ralentir. Heureusement, car, au même moment, déboule, du côté opposé, une jeep allemande suivie de trois camions bâchés. Des soldats, en vert-de-gris, fusil à la main, surgissent de sous les bâches comme du chapeau d'un magicien au théâtre.

Topcia et moi parvenons à nous glisser sous la voûte de l'immeuble qui abrite la yeshiva de mon bien-aimé. Plusieurs personnes s'y écrasent déjà. Des Allemands marchent dans notre direction, mais la police juive, arrivée entre-temps, les en dissuade.

Éclats de voix et sifflets emplissent la cour. Les soldats sortent de jeunes Juifs par dizaines des immeubles avoisinants. Ils forment bientôt une foule massée devant l'entrée de l'office du travail, attendant tête basse et sursautant à chaque hurlement poussé par les SS.

— Ils vont les emmener dans un camp de travail, fait une voix derrière nous.

Parmi les jeunes gens, je reconnais quelques visages familiers, que j'ai dû croiser dans notre cour, et je me félicite qu'il n'y ait aucun élève de la yeshiva. Soudain, la rangée d'hommes vacille. Quelqu'un a dû essayer de s'enfuir. Des coups de feu retentissent. Une main me saisit par l'épaule. C'est Yankel.

— Ne reste pas ici, fait-il d'une voix haletante.

Je prends Topcia par la main et nous montons quatre à quatre les marches de l'escalier de la yeshiva, comme des flèches. Nous nous arrêtons sans souffle au quatrième étage. Sur le palier, il n'y a qu'une porte ornée d'une énorme *mezouzah*. Fixé à l'entrée de toute demeure, ce boîtier en bois gravé contient deux prescriptions du Deutéronome chargées d'en assurer la protection. Derrière la porte, nous entendons des voix en prière. Je me penche par-dessus la balustrade et, à l'endroit même où nous étions quelques instants plus tôt, Topcia et moi, je vois un homme tomber, frappé d'une balle. Un cri monte de la foule et emplit la cage d'escalier. L'homme qui gît à terre, ensanglanté, se met à gémir. Trois Juifs, habillés de noir et d'un brassard blanc à étoile rouge, sortent de l'immeuble d'en face, où se trouve l'office des pompes funèbres Pinkiert, et emportent le corps qui, entre-temps, a cessé de bouger. Enfin, les Allemands baissent les bâches derrière le groupe de Juifs qu'ils viennent d'arrêter. Tout se passe très vite.

Pourtant, malgré les tirs et les cris, la porte de la yeshiva reste fermée. Les voix en prière ne s'interrompent pas. Dieu les entend-il ?

Quand nous redescendons, les Allemands sont déjà partis. Et la police juive aussi. Il ne reste que des grappes d'habitants venus des immeubles alentour, qui, en gesticulant, commentent l'incident. Et le concierge qui lave, tant bien que mal, les traces de sang sur le pavé.

Nous rentrons sans mot dire. Je regarde l'horloge de ma chambre. Elle indique neuf heures trente-deux. Tant d'émotion, en si peu de temps !

— Sulamithe !

Ma mère m'appelle.

Une curieuse pensée me traverse l'esprit : mon père ne m'a jamais plus reparlé de mariage. Quant aux garçons, il n'en manque pas. La cour en est pleine. Certains sont même beaux. Mais aucun n'égale mon bien-aimé.

Un jour, alors que je suis seule dans la cuisine, Élie, le fils de Moshé « le Boiteux », me rejoint.

— Veux-tu que je t'aide ? propose-t-il en rougissant.

Je le remercie et lui fais remarquer que ce n'est pas là un travail de garçon. Puis je lui demande s'il a quelque chose à me dire.

— Oui ! répond-il dans un souffle. Je t'aime.

Et il s'enfuit.

Je serre sur ma poitrine la page du Cantique annotée par mon bien-aimé. Ainsi, à chaque mouvement, le papier que j'ai introduit dans la brassière achetée par ma mère se rappelle à moi en se froissant.

— Tes seins n'ont pas encore besoin de soutien-gorge, avait-elle dit un jour, simplement.

Je les tâte. En effet, ils sont encore petits. Ils me font penser aux boutons d'une fleur sur le point d'éclore. Bientôt, ils seront comme les faons jumeaux dont parle la Bible. « Tes deux seins sont comme deux faons, Comme les jumeaux d'une gazelle, Qui paissent au milieu des lis. »

⋆

⋆ ⋆

Aujourd'hui, nous avons dû ajouter deux matelas. La belle-sœur de mon père, Fajgé, arrive de Kalisz avec son fils Benjamin, dix ans. Son mari a été déporté il y a quelques semaines, et elle n'a aucune nouvelle depuis. Mon père a consulté la page « interdite » des disparus dans la gazette juive, sans trouver son nom.

Le mari de Fajgé avait à Kalisz une petite fabrique de conserves de poisson. Des *stinkes*, « malodorants », comme on les appelle. Mon oncle, lui, mettait en pots des carrelets séchés. Hachés, ils avaient le goût du bon hareng, que l'on ne trouve plus désormais sur le marché. Fajgé en a un sac plein. Ce qui fera notre régal pendant plusieurs jours.

Dehors, il se met à pleuvoir. Les habitants de la cour serrent sur eux leurs paletots usés et accélèrent le pas, comme s'ils espéraient passer entre les gouttes. Alors que nous faisons la vaisselle après le repas du soir, ma mère, qui a un vrai talent pour la belle formule, lâche :

– La nature accroît souvent le malheur des hommes.

Ainsi, s'ajoutant aux rafles surprises répétées des Allemands qui, dit-on, ne cessent d'avoir besoin de main-d'œuvre, le typhus s'invite sans avoir été prié. Rien que les premiers jours de l'épidémie, le nombre de morts dépasse les deux cents. Les médecins paraissent impuissants. Les médicaments manquent et les hôpitaux affichent complet. Celui qui se trouve au coin des rues Leszno et Żelazna a installé, et ce malgré la pluie, des lits dans la cour. Des organisations de charité fournissent des parasols. Devant la porte de l'hôpital, raconte Mendel, des corps agonisants jonchent le trottoir. Tandis que, tout près, dans leurs véhicules noirs, les pompes funèbres municipales attendent qu'ils soient morts pour les transporter à la morgue.

L'épidémie épargne miraculeusement notre cour. En revanche, elle est particulièrement virulente dans les rues Gęsia, Nalewki et Nowolipie. Les Allemands, qui ont une peur bleue des maladies infectieuses, interrompent un temps leurs rafles. Ce fait alimente d'ailleurs quelques blagues qui, malgré l'horreur, circulent dans le ghetto : « Les Juifs de Varsovie ont bien de la chance ! Eux, au moins, ont le choix… entre le typhus et le choléra. »

⋆

⋆ ⋆

Aujourd'hui, après l'apparition de mon bien-aimé, que je trouve amaigri, je me réfugie dans le Cantique des cantiques. J'aime ce dialogue que nous entretenons secrètement, lui et moi. Je suis sûre que mon bien-aimé l'apprécie, lui aussi. Même si ses lèvres n'ont pas prononcé un mot depuis qu'il passe devant moi.

J'ouvre la bible et mes yeux tombent sur ce verset sombre : « Je suis l'homme qui a vu la misère Sous la verge de sa fureur. »

Mon regard remonte la page et, horrifiée, je lis : « Les enfants et les vieillards sont couchés par terre dans les rues ; Mes vierges et mes jeunes hommes sont tombés par l'épée ; Tu as tué, au jour de ta colère, Tu as égorgé sans pitié. »

Non, non, ce n'est pas le Cantique ! Je me suis trompée de livre ! Ce sont les Lamentations ! Un mauvais présage ?

Je reviens en arrière, tourne fébrilement les pages, comme si je voulais échapper à ce monde qui ronge « ma chair et ma peau, [qui] a brisé mes os. [Qui] a bâti autour de moi, [...] m'a environné[e] de poison et de douleur ». J'essaie de fuir les ténèbres qui envahissent la pièce quand soudain la porte s'ouvre. Je pousse un cri. C'est Topcia. Mes frères, qui l'accompagnent, restent sur le palier. Notre chambre est trop exiguë pour tous les accueillir.

J'entends « la voix de mon bien-aimé ».

« Qui est celle qui apparaît comme l'aurore, Belle comme la lune, pure comme le soleil, Mais terrible comme des troupes sous leurs bannières ? »

« Je suis descendue au jardin des noyers, Pour voir la verdure de la vallée, Pour voir si la vigne pousse, Si les grenadiers fleurissent. »

Topcia insiste :

— Sulamithe.

— Hein ?

— Les gens meurent dans la rue.

Je sors de mon rêve.

— Les Allemands ?

— Non. La faim.

Je la regarde comme si je changeais de livre.

— Que dit mon père ?

— Il n'est pas encore rentré du travail. En attendant, Élie fait la queue devant la boulangerie. Nous allons le relayer. Tu viens ?

La file est immense. Des vieux, des femmes, des enfants, l'air résigné, attendent, depuis des heures, paraît-il, leur tour pour pouvoir acheter cent vingt grammes de pain par personne, en échange de vingt groszy. À leurs regards, je devine qu'ils n'ont pas l'air heureux de nous voir arriver si nombreux.

Un cri distrait tout ce petit monde. Je me retourne. De l'autre côté de la rue, sur les décombres d'un immeuble détruit pendant le siège de Varsovie, gît une femme. Ses jambes nues, allongées devant elle, sont couvertes d'ulcères. Son visage est boursouflé par le scorbut. Elle suffoque, essaie de soulever son corps, en vain. Les passants la contournent sans s'attarder. Elle sort d'un sac un morceau de pain qu'une personne charitable a dû lui jeter, et le porte à sa bouche. Mais ses dents ne se desserrent pas. Sa tête retombe sur le pavé. J'ai envie d'aller à son secours, mais Topcia, lucide, me retient.

— Laisse. Elle est déjà morte !

Est-ce ainsi que nous mourrons tous ? Ô mon bien-aimé !

L'agonie de cette inconnue hante mon sommeil. Topcia dit que j'ai même crié en dormant.

Que devient-on une fois mort ? Le cousin Shmuel dit que Dieu a formé l'homme à partir de la poussière de la terre et que, en mourant, nous redevenons poussière. Non, non ! Je refuse de devenir la poussière que le vent répandra sur les ruines de Varsovie… Ou encore de finir piétinée par les passants dans la rue.

Comment contemplerez-vous Sulamithe quand elle sera devenue poussière ?

« Lève-toi, mon amie, ma belle, et viens ! »

Est-ce ainsi que l'on s'adresse à la poussière ? Ou à celle qui deviendra un grain de sable emporté par le vent ?

Le vent est doux ce matin. Nous sommes déjà au mois de juillet. Mon bien-aimé descend. Et, comme d'habitude, il n'oublie pas de passer plusieurs fois devant ma fenêtre entrouverte. Topcia et moi ne nous attardons pas et retrouvons ma mère dans la cuisine. Toutes les femmes de la maison sont là, en train de se lamenter. Mendel est venu très tôt annoncer que la déportation des Juifs de Varsovie vient de commencer. Selon lui, seuls ceux qui travaillent dans les usines et dans les ateliers du ghetto seront exempts. Ainsi que les fonctionnaires et le personnel des ambulances, des hôpitaux et des entreprises de pompes funèbres. Tous les autres devront se rendre à l'Umschlagplatz, rue Stawki, près de la gare. Les Allemands exigent, paraît-il, du Conseil juif et de son président Czerniaków six mille personnes par jour.

Tout cela me semble fou. Nous nous précipitons avec mes frères dans la rue pour voir ça de nos propres yeux. En effet, des colonnes d'hommes et de femmes chargés de baluchons gagnent péniblement l'extrémité nord du ghetto pour rejoindre ce nouveau lieu de rassemblement.

— Heureusement que notre père a fait intégrer le cousin Shmuel dans l'usine où il travaille, lance mon frère David avec soulagement.

Tête baissée, épaules affaissées, tous ces gens qui passent devant nous ont le regard perdu. Comme si le monde entier, y compris Dieu, les avait abandonnés. J'ai la nausée.

Je rentre à la maison, presque en courant. J'y trouve Yankel en train de raconter à la famille réunie dans la cuisine que la Gestapo a chargé la police juive d'arrêter tous les mendiants et de vider le camp de réfugiés. On enferme, révèle-t-il, ces malheureux dans des wagons à bestiaux, où ils n'ont ni vivres ni eau durant plusieurs jours. Les convois, explique-t-il, partent pour Brześć Kujawski, au nord-ouest de Varsovie.

La voix noyée de larmes, Mendel ajoute :

– Les Allemands ont chargé des Ukrainiens et des Lituaniens de les aider, car la police polonaise refuse de faire la besogne.

Où es-tu, mon bien-aimé ? Grâce à Dieu, ta yeshiva n'a pas encore été touchée par la répression.

Pendant ce temps, dans la cour, où les nouvelles vont vite, on murmure que la Gestapo est en train de liquider les collaborateurs juifs dont elle n'a plus besoin. Que même Moritz Kohn et Zelig Heller, à qui l'on doit le tramway du ghetto, ont été fusillés à l'aube.

Ah, comme je voudrais échapper à cette cour ! Échapper aussi à la présence de la gentille Topcia ou encore aux membres de cette famille nombreuse venus à Varsovie et qui occupent, sur des matelas étalés au sol, notre ancienne salle à manger.

La journée est belle. Le ciel est bleu, « comme toujours quand les hommes souffrent », prétend ma mère. Est-ce alors pour les consoler ou pour les narguer ?

Je ressors par la troisième cour dans l'espoir de découvrir une autre ville. Mais, là encore, une masse de réfugiés entourés par la police juive avance en direction de l'Umschlagplatz.

Je ne sais où aller. Une idée folle me traverse l'esprit. Et si je montais l'escalier de l'immeuble où se trouve la yeshiva de mon bien-aimé ? Que ferais-je si je venais à le croiser devant cette énorme porte ornée d'une *mezouzah* ?

Suspendant le cours de mes pensées, j'aperçois, dans l'ombre d'un porche, Yankel, le fils de Mendel à qui mon père me destinait, dans son uniforme de policier. J'avance vers lui et vois qu'il serre dans ses bras une jeune fille rousse. Une fille que j'ai déjà croisée au lavoir avec ma mère. Je me fige. Ma gorge étouffe un cri de surprise.

Oh, mon Dieu ! Comment est-il possible de s'aimer dans ce monde frappé par la mort ? de se désirer ? de s'embrasser ? Moi, je me contente de rêver. Car, dans le ghetto, seuls les rêves ont des ailes.

Je reviens sur mes pas.

— Sulamithe !

Mon père me cherche.

— J'étais inquiet, fait-il, en m'enveloppant de son regard bon. Pour l'instant, les nazis nous ont épargnés, Dieu merci ! Mais jusqu'à quand ?

Il s'approche et pose ses mains calleuses sur ma tête.

— Ma fille, bénie sois-tu.

Dans la cuisine où règne ma mère, toutes les rumeurs trouvent une oreille attentive. On dit que les Juifs qui habitent encore dans le grand ghetto, qui compte les rues Smocza, Gęsia, Zamenhof, Szczęśliwa et la place Parysowski, devront bientôt se présenter à la Gestapo pour se faire recenser. Cette nouvelle nous toucherait directement si elle était confirmée !

D'après Mendel, Czerniaków s'est suicidé.

*
* *

Deux mois plus tard, la veille de Yom Kippour, les nazis établissent des barrages rues Ostrowska et Wołyńska. Après quoi, sur près de deux mille cinq cents agents de police, trois cent quatre-vingts sont désignés pour continuer à exercer leur fonction. Tous les autres sont déportés avec leur famille.

Ah, le hasard ! Ce même jour, des avions soviétiques, qui, jusque-là, ne s'étaient jamais aventurés au-dessus de Varsovie, bombardent copieusement la ville. La résistance, paraît-il, s'organise. Nous, nous apprenons son existence grâce à la « feuille clandestine » dissimulée dans la *Gazeta Żydowska*. Les Alliés, est-il écrit, sont victorieux en Égypte, et les Russes, après avoir repoussé les Allemands aux abords de Moscou, défendent Stalingrad avec acharnement.

On y lit aussi, et je frémis en écoutant mon père parcourir les nouvelles, que les jeunes du ghetto stockent des armes, y compris des haches et des couteaux.

Qui a, comme les Juifs, cette faculté de s'accrocher à l'espoir, si invraisemblable soit-il ? Quatre jours sans rafles, et l'horizon s'éclaire.

Moi, je pense à mon bien-aimé.

Ce matin, en passant devant moi, il me fait un signe de la main. Pour la première fois. Je le trouve bien amaigri. Ses traits sont tirés. Il semble flotter dans ses vêtements. Ses chaussures, quant à elles, sont toujours aussi parfaitement cirées. Être digne !

« Mon bien-aimé est à moi, et je suis à lui ; Il fait paître son troupeau parmi les lis. Avant que le jour se rafraîchisse, Et que les ombres fuient, Reviens !... sois semblable, mon bien-aimé, À la gazelle ou au faon des biches, Sur les montagnes qui nous séparent. »

La scène d'embrassade entre Yankel et la fille rousse, dont je ne connais pas le nom, se joue sans cesse sous mes yeux. Et je n'ai même pas avec qui parler. Topcia est trop petite ; elle ne comprendrait pas. Me confier aux filles de la cour reviendrait à les dénoncer, ce qui, dans le ghetto, me semble être un acte impensable !

J'interroge enfin mon frère David sur la fille rousse. Elle s'appelle Hannah. Elle a quinze ans et sa mère est la concierge de la cour où se trouve la yeshiva de mon bien-aimé. La curiosité est une maladie contagieuse. Maintenant, David me talonne. Il veut savoir pourquoi je l'interroge à propos de cette fille. Je ne lui réponds pas.

Le lendemain, mon frère revient à la charge. Puis le surlendemain. Jusqu'à ce que je craque et lui raconte l'histoire, non sans lui avoir fait, au préalable, jurer le secret. Comme si le secret pouvait exister ! Les jours suivants, dans les trois cours de la rue Smocza, on ne parle que de l'amour entre Yankel et la rousse Hannah. J'ai honte. « La langue est la pire ennemie », dit mon père. Heureusement que notre amour à nous, Salomon et Sulamithe, est déjà écrit et imprimé. Il est ainsi éternel. Mais les gens, eux, s'intéressent à l'immédiat et à l'éphémère.

« Qu'a ton bien-aimé de plus qu'un autre [...] ? »

« Mon bien-aimé est blanc et vermeil ; Il se distingue entre dix mille. Sa tête est de l'or pur ; Ses boucles sont flottantes, Noires comme le corbeau. Ses yeux sont comme des colombes au bord des ruisseaux, Se baignant dans le lait, Reposant au sein de l'abondance. Ses joues sont comme un parterre d'aromates, Une couche de plantes odorantes ; Ses lèvres sont des lis, D'où découle la myrrhe. »

Aujourd'hui, il pleut. Des gouttes fines s'accrochent à ma fenêtre et glissent lentement le long de la façade jusqu'aux pavés ronds de la cour. Des traces d'humidité apparaissent dans le châssis effrité par le temps, introduisant dans la chambre une odeur désagréable de moisi. J'éloigne du mur la tête de mon lit. Topcia fait de même. J'ai faim. Depuis le matin, nous n'avons mangé qu'un morceau de pain rassis dans un bol d'eau chaude.

Que fait mon bien-aimé ?

Une nouvelle rafle vide encore plus le quartier. De nombreux Juifs se sont barricadés chez eux, relate mon père. D'autres se cachent dans les souterrains.

— Il existe maintenant un ghetto sous le ghetto, ajoute-t-il avec humour.

Les Allemands recrutent des gardes d'élite et des Lituaniens pour les déloger. Les fusillades se prolongent pendant plusieurs jours. Il paraît que cinquante mille Juifs, hommes, femmes et enfants, ont été emmenés dans le camp de Treblinka.

La nuit est déjà bien avancée quand mon frère David vient m'annoncer que la rousse Hannah a été tuée, avec sa sœur et son père, pour avoir essayé d'empêcher la police d'entrer dans leur immeuble.

Oh, mon Dieu ! La culpabilité dont je pensais m'être débarrassée refait surface. Mon corps est secoué par les pleurs. Topcia, inquiète, allume la bougie. L'horloge indique cinq heures cinq. Encore près de trois heures à attendre avant de croiser mon bien-aimé !

Il descend comme tous les jours à huit heures moins dix. Cette fois, je n'attends pas qu'il repasse devant ma fenêtre. Je me précipite dans la cuisine, Topcia dans mon sillage. L'appartement est plein de monde. Beaucoup de visages inconnus. Un homme, grand et maigre, raconte que les policiers juifs occupent tout le pâté de maisons des rues Ostrowska et Wołyńska dont les Allemands ont déporté les habitants.

– Il ne reste peut-être que cinquante mille Juifs à Varsovie ! dit l'homme grand et maigre. Il est temps de réagir !

La porte d'entrée claque. Tout le monde se retourne. Mendel apparaît, soutenant son fils par le bras. Le visage rougi par les larmes, Yankel avance, effondré, replié sur lui-même.

– *Oy, oy, oy*, répète une vieille femme dont la tête est couverte d'un long châle gris.

À cause de ma maladresse, chacun sait pourquoi le jeune policier est si mal. Mais personne n'a eu vent de mes agissements. Je scrute les visages qui m'entourent : l'attention tout entière est vouée à Yankel. Est-ce l'amour, même interdit, qui suscite tant de compassion ?

Je réalise soudain que j'ai vieilli de deux ans et que mes parents n'ont fêté aucun de mes deux anniversaires passés. Si ! Le dernier, peut-être. Ce jour-là, mon père m'avait apporté une paire de chaussures « neuves » fabriquées à partir de vieilles bottes qui traînaient dans son atelier. Je ne me souviens même pas de l'avoir remercié.

*

* *

Le ghetto devient un énorme camp de travail. À six heures du matin, les rues se remplissent de gens qui se rendent dans les ateliers et les usines produisant pour les Allemands. Encadrés par la police juive, ils se mettent en rangs par quatre. Puis les rues se vident jusqu'au soir, quand, après leur journée de travail, ces centaines d'hommes et de femmes se pressent de rentrer chez eux. Ensuite, plus personne n'ose sortir. Dehors rôde l'ombre de la mort.

Aujourd'hui, un chrétien (il porte sur la poitrine une énorme croix) s'arrête devant le numéro 36 de la rue Nalewki et distribue un demi-zloty à tous les mendiants assis par terre.

Le lendemain, les bombardements soviétiques reprennent, rompant la chape de peur qui pèse sur Varsovie. L'explosion des bombes fait trembler les murs de nos maisons, mais nous nous en réjouissons. Trois cousines sont venues de Piotrków rejoindre notre réduit pour la nuit. Elles partagent le matelas de Topcia, tandis que je suis seule dans mon lit étroit, avec mes remords. Je pense à Yankel. J'aurais dû m'approcher de lui. J'aurais dû lui dire un mot de consolation. J'aurais peut-être même dû l'embrasser. Moi qui n'ai pas accompagné les soupirs et les exclamations – « *Oy, oy, oy !* » – de nos amis et voisins.

« Éternel, regarde ma détresse ! Mes entrailles bouillonnent, Mon cœur est bouleversé au-dedans de moi ».

Ce verset des Lamentations me hante. Je suis allongée sur mon lit, le ventre creux.

J'entends la respiration régulière de Topcia et les exclamations de mes cousines de Piotrków. Un cauchemar ? Les aiguilles de l'horloge avancent doucement. Plus doucement que d'habitude, on dirait. La lumière vacillante de la bougie emplit la pièce d'ombres mouvantes.

Comme je suis lâche ! Comment mon bien-aimé me jugerait-il s'il savait ? Je sors la bible et reprends le Cantique des cantiques. Les lettres sautent devant mes yeux.

« Prenez-nous les renards, Les petits renards qui ravagent les vignes ; Car nos vignes sont en fleur. »

Je n'arrive pas à poursuivre. Dehors, les sifflets et les coups de feu incessants des Allemands interrompent ma lecture. Pourtant, c'est la seule nourriture qui puisse encore me maintenir en vie.

« Une fontaine des jardins, Une source d'eaux vives, Des ruisseaux du Liban. »

Heureusement que j'ai le Cantique des cantiques pour me protéger de la violence des hommes. Heureusement que j'ai mon bien-aimé pour oublier les processions quotidiennes de cadavres. Aujourd'hui même, les corps de trois Juifs inconnus ont été trouvés devant notre immeuble et transportés jusqu'au cimetière, où on les a jetés dans une fosse commune. Et, selon mon frère David, un garçonnet de mon âge a été abattu près du mur, rue Wielka.

David dit aussi que les nazis ont fait coller une grande affiche à l'entrée du cimetière juif afin d'interdire aux Aryens de visiter cet endroit. Il paraît que des foules d'Allemands avaient l'habitude d'assister au dépôt de squelettes humains dans la remise où on les entasse en attendant de les enterrer. Face à ce spectacle effroyable, les visiteurs ont commencé à s'interroger sur la question juive. Certains sont allés jusqu'à formuler quelques critiques à l'égard de leurs compatriotes.

J'ouvre la bible. De nouveau, je me trompe de page et tombe sur les Lamentations : « Eh quoi ! elle est assise solitaire, cette ville si peuplée ! Elle est semblable à une veuve ! Grande entre les nations, souveraine parmi les États, Elle est réduite à la servitude ! »

⋆

⋆ ⋆

Je ne sais plus quel jour on est. Ni même quelle année ! Entre le rêve et la réalité, j'ai choisi le rêve. Il reste l'horloge. Et mon rendez-vous quotidien avec mon bien-aimé.

Les saisons se rappellent à mon bon souvenir. Il recommence à faire froid. Aujourd'hui, le cousin Shmuel nous annonce que les résistants ont tué deux fonctionnaires de service de la municipalité, le commissaire de police Lejkin et Firt. Il nous raconte aussi que les nazis ont installé, face à la prison Pawiak, rue Dzielna, des hangars pour y déposer des biens spoliés aux Juifs : meubles, instruments de musique, tableaux… Il y a d'ailleurs vu le célèbre Władysław Szpilman en train de décharger son piano à queue. Bien qu'aidé de deux Juifs solides, le fameux pianiste a eu beaucoup de mal à le tirer jusqu'au bâtiment. Trop lourd. Un Allemand mécontent l'a frappé au beau milieu du dos avec la crosse de son fusil.

La gorge serrée, Shmuel se redresse. Il me paraît plus maigre que d'habitude. Il semble flotter dans ses vêtements. Le col de son manteau est déchiré et il porte, à l'épaule, une musette grise.

Après avoir bu un bol d'eau chaude préparé par ma mère, il rajuste sa casquette et sort à la recherche de rutabagas ou de quelques betteraves, « pour le dîner », dit-il.

⋆

⋆ ⋆

Les jours ont passé depuis le départ du cousin Shmuel, sans que nous l'ayons revu. Mendel, qui a des relations bien placées, nous apprend qu'il a été arrêté par la Gestapo. Et qu'il aurait été fusillé le jour même, accusé de participer à la résistance. La famille tout entière s'est entassée dans la cuisine pour entendre cette nouvelle bouleversante. Mon père s'absente et revient couvert de son *talit*, le châle de prière. Il dit alors le kaddish, la prière des morts : « Que le nom sublime de l'Éternel soit magnifié et exalté, dans le monde qu'il aura renouvelé, lorsqu'il ressuscitera les morts et les rappellera à la vie éternelle. » Ce à quoi nous répondons d'une seule voix : « Amen. »

Je m'échappe de la cuisine, le cœur lourd, et je me réfugie dans ma chambre. J'ouvre la bible. Cette fois encore, je tombe directement sur les Lamentations. Ah, le hasard : « Les routes de Sion sont en deuil, sans personne venant au Rendez-vous ; ses portes sont toutes ruinées, ses prêtres gémissent. Ses jeunes filles sont affligées ; quelle amertume pour elle. »

Je pleure, je pleure, je n'arrive pas à m'arrêter.

Je m'essuie enfin les yeux et tourne les pages. Me voici de nouveau dans mon jardin, avec mon bien-aimé. Oh, comme le monde qui tue est loin ! Ainsi que la misère ! Et le désespoir !

« Que tu es beau, mon bien-aimé, que tu es aimable ! Notre lit, c'est la verdure. Les solives de nos maisons sont des cèdres, Nos lambris sont des cyprès. – Je suis un narcisse de Saron, Un lis des vallées. »

– Sulamithe !

Mon père m'appelle. Je le rejoins à la cuisine. Il n'a pas encore retiré son châle de prière. Les femmes sanglotent. Les hommes ont l'air affligé. Les enfants attendent de pouvoir s'éclipser dans la cour. Qui, maintenant, ira chercher des rutabagas ?

★

★ ★

Le froid est bel et bien revenu. Mendel aide mon père à installer un gros poêle noir dans la pièce à vivre couverte de matelas. Ils lui trouvent une place près de la fenêtre et parviennent même à introduire le conduit d'évacuation dans un carreau déjà ébréché.

Quant à nous, nous passons une partie de la journée dans la cave, à disloquer le mobilier que nous y avions entreposé. Il servira à alimenter le feu dans le poêle pendant plusieurs jours. Topcia, les trois cousines – qui partagent plus longtemps que prévu notre chambre – et moi, nous aurons des couvertures.

Au petit matin, la fenêtre de notre chambre est fleurie de givre. Mon bien-aimé descend à huit heures moins dix. Il est réglé comme une horloge. Il a encore maigri. Seuls ses yeux brûlent comme deux flammes qui me réchauffent quand il pose son regard sur moi. Car désormais il me regarde. Sans jamais m'adresser la parole. Je frissonne. Est-ce l'émotion ou le froid ?

« Je vous en conjure, filles de Jérusalem,
Par les gazelles et les biches des champs,
Ne réveillez pas, ne réveillez pas l'amour,
Avant qu'elle le veuille. »

Topcia a grandi. Je m'en aperçois seulement maintenant, en la voyant enfiler ma robe d'il y a deux ans. Déjà deux ans ! Presque trois ! Elle a même des seins ! Bien visibles. Et moi ? Je n'ai pas de miroir pour me regarder. Je touche. J'ai l'impression que moi aussi. Sont-ils, comme le décrit le Cantique des cantiques, telles des grappes de dattes ?

La neige couvre de nouveau le sol de notre cour. Topcia m'étonnera toujours. Elle me fait remarquer que, sous la blancheur, les pavés gardent les traces du sang des victimes. Elle a raison. Pourrai-je un jour oublier comment deux membres de la Gestapo ont traîné, sur le pavé déjà gelé, ce mendiant qui se prénommait, je crois, Menahem, et qui demandait l'aumône au pied de notre immeuble ? Je revois la traînée de sang qu'il laissait derrière lui. Même pas rouge : jaunâtre !

Les atrocités se suivent et nous nous habituons. Ma mère, toujours plus près de la réalité que mon père, remarque que chaque horreur est commise par un assassin différent : allemand, polonais, ukrainien, lituanien, parfois même un Juif. La victime, elle, est toujours la même.

*

* *

Le ghetto rétrécit. Le mur rehaussé de barbelés se rapproche de nous. Yankel dit que nous ne sommes à présent plus que quarante mille. Son père dit soixante-dix mille. On reparle de la résistance. Ah, si tous les Polonais aryens de Varsovie s'unissaient pour aider les Juifs ! En nous procurant des papiers, en nous facilitant l'évasion, en nous fournissant un peu de nourriture…

Les Allemands décident de tourner un documentaire sur le ghetto ! Ils installent des caméras et de puissants projecteurs dans la cour. On dit qu'une autre caméra se trouve en face du numéro 20 de la rue Chłodna.

Mendel est persuadé que, s'ils ont besoin de montrer les Juifs encore vivants, c'est qu'ils sont aux abois. Notre cour, avec ses enseignes, pourrait encore paraître vivre normalement. Elle est donc parfaite pour leur film de propagande.

À l'occasion de ce tournage, un camion apporte des rations de pain et des marmites de soupe. On nous distribue des vivres sous l'œil de la caméra. On nous demande de sourire. Les Allemands ont besoin de Juifs heureux.

— Que l'on soit heureux ou non, dit ma mère, cela nous permettra de remplir nos pauvres estomacs.

Huit heures moins dix. Je suis sur le palier pour voir passer mon bien-aimé. J'ai l'impression qu'il rétrécit, qu'il fond. Ses pantalons ont raccourci. Ou peut-être a-t-il grandi. Le chapeau noir qu'il porte par-dessus sa kippa l'allonge un peu. Son teint, lui, est toujours aussi blanc que la neige. Il me regarde intensément, mais ne dit toujours rien. Et pourtant, je crois qu'il me parle : « Tu me rends fou, ma sœur, ô fiancée. Tu me rends fou par une seule de tes œillades, par un seul cercle de tes colliers. Que tes caresses sont belles, ma sœur, ô fiancée ! »

Depuis ce matin, le mur de l'immeuble tremble. Les bombardements des Soviétiques reprennent. Serons-nous, Salomon, mon bien-aimé, et moi, Sulamithe, les derniers survivants du ghetto ?

Les Allemands ont fermé des rues entières du ghetto afin de faciliter le tri : d'un côté, ceux qu'ils réquisitionnent pour entretenir les fabriques, de l'autre, ceux qui doivent disparaître. Maison après maison, ils vérifient les cartes de travail. Ceux qui n'en ont pas sont immédiatement conduits à l'Umschlagplatz. À présent, ils sont en train d'opérer à cent mètres de chez nous, rue Nowolipie. Normalement, les familles des détenteurs de cartes sont à l'abri. Mais pour combien de temps ?

Mon père travaille maintenant douze heures par jour. Les nazis ont besoin de chaussures. Pour ration quotidienne il reçoit un quart de soupe claire comme de l'eau et cent vingt grammes de pain. Malgré cet asservissement, il répète qu'il est un privilégié. Car, grâce à son emploi, sa famille et lui sont à l'abri des déportations. Mendel acquiesce et ajoute que des Juifs ont acheté des cartes de travail à des prix exorbitants rien que pour pouvoir échapper aux camps.

Rosh Hashana et Kippour ont disparu avec nos prières. L'année s'achève comme elle a commencé : dans le sang.

★

★ ★

Ce soir, un événement extraordinaire modifie nos vies. Topcia et moi allons nous coucher vers neuf heures, après avoir partagé notre bol de soupe avec les autres.

Nos trois colocataires ne sont pas encore là. En revanche, nous nous retrouvons nez à nez avec Yankel et trois inconnus penchés au-dessus d'un trou d'une soixantaine de centimètres de large, creusé dans le sol de ma chambre, sous mon lit. D'où sort ce trou que je n'avais encore jamais vu ?

– Entrez, chuchote Yankel, et fermez la porte.

Je m'approche. Un air plus vif effleure mon visage.

– Tu vois, Sulamithe, ce souterrain rejoint la rue Wronia. Je vais l'emprunter pour distribuer les tracts que voici. Je reviendrai, si Dieu le veut, avec des armes. Mes amis, eux, remettront le lit en place avant de sortir, et tu m'attendras, comme si de rien n'était, jusqu'à ce que tu entendes ma voix.

Il me donne l'accolade. Ses amis l'aident à se glisser dans le trou. Il allume une torche dont le faisceau danse quelques moments sur le mur de la chambre, et disparaît.

Les amis de Yankel partis, nous nous retrouvons, Topcia et moi, dans le silence d'un lieu abandonné. Je me rappelle alors une prière que mon père répétait chaque samedi : « Pourtant tu es le Saint, tu sièges au milieu des louanges d'Israël. C'est en toi que nos ancêtres se confiaient : ils se confiaient en toi, et tu les délivrais. » Pourquoi pas nous ? Pourquoi pas nous, Seigneur ?

Je ne me suis pas rendu compte que je disais la prière à voix haute. Topcia et les trois cousines de Piotrków, revenues entre-temps, disent simplement : « Amen. » Sans commentaires.

Nous restons toutes les cinq pendant un long moment dans l'obscurité. Puis Topcia allume une bougie.

— J'ai peur que ce soit la dernière, dit-elle.

La bougie éclaire le sol et j'aperçois, sous mon lit, un tract, certainement détaché du paquet emporté par Yankel. Topcia approche la flamme. Les trois cousines s'avancent. « Juifs ! dit le tract, l'occupant enclenche le dernier acte de notre extermination. N'allez pas passivement à la mort ! Défendez-vous ! Prenez la hache, la barre de fer, le couteau ! Barricadez-vous dans vos maisons ! Luttez !

De grâce, ô Éternel, fais que nos persécuteurs soient châtiés, que ceux qui nous font périr finissent en enfer ! Amen. »

Machinalement, j'arrache la bougie des mains de Topcia et brûle le tract.

Que fait mon bien-aimé en ce moment ? Qu'il vienne. Qu'il m'embrasse à pleine bouche ! Car ses caresses sont meilleures que du vin… Je m'étonne que les Allemands ne se soient pas encore attaqués à sa yeshiva.

Les trois cousines, affaiblies par la faim, s'endorment vite. Quelques coups de feu nous font sursauter, Topcia et moi. Nous soufflons la bougie et regardons discrètement par la fenêtre. Le temps de nous habituer à l'obscurité, nous distinguons un homme gisant au milieu de la cour. Un soldat allemand traverse brièvement notre champ de vision. Il dit quelques mots à un policier polonais qui se trouve tout près, avant de s'éloigner en direction de la seconde cour. Le Polonais commence par faire le tour du cadavre et, sans doute pour se donner du courage, il se met à siffler un refrain populaire. La mélodie se répand dans la cour déserte. Une demi-heure après arrive le fourgon de l'entreprise des pompes funèbres Pinkiert. Nous entendons le bruit sourd du corps que l'on jette, puis le grincement des roues sur le pavé. Le policier siffle longtemps encore son air triste et s'éloigne.

Vers six heures du matin, la voix de Yankel me réveille. Topcia et moi nous levons, tirons les trois cousines du sommeil et de leur matelas afin de faire de la place et de pousser mon lit. Le visage et les habits noircis, Yankel sort du souterrain, accompagné d'un jeune garçon blond, un chrétien polonais visiblement, qui porte, enveloppés dans un linge sale, trois revolvers.

Yankel saisit mon regard.

— Avec trois revolvers, dit-il, on peut tuer six Allemands.

Le Polonais, qui comprend apparemment le yiddish, lève ses dix doigts vers le plafond.

— Au moins dix, rectifie-t-il en polonais.

Dans la lumière de la bougie, ses doigts écartés dessinent de drôles d'animaux sur le mur de la chambre.

Mon bien-aimé descendra-t-il comme toujours à huit heures moins dix ? Il ne manquerait quand même pas notre rendez-vous quotidien !

Tandis qu'il passe devant moi, je murmure :

— Fais attention, mon bien-aimé.

— L'Éternel, béni soit-il, ne nous abandonnera pas.

Salomon vient de m'adresser la parole pour la première fois !

« Son palais n'est que douceur et toute sa personne est désirable. Tel est mon bien-aimé, tel est mon ami ! »

Ma mère reste couchée toute la journée dans la cuisine, sur un matelas que mes frères ont déniché dans une cave. La faim la tenaille. Elle ne peut plus bouger. Ma tante Deborah l'aide comme elle peut. Ma mère est d'une maigreur effrayante. Il ne lui reste que la peau sur les os.

Je résiste plutôt mieux que les autres. Je serre les dents quand la faim serre mon estomac. Le soir, au moment où l'on nous distribue nos cent vingt grammes de pain et notre eau chaude, je me donne déjà rendez-vous pour le lendemain. Mon père travaille de plus en plus. Mendel aussi. Yankel a disparu. Nous ne l'avons pas revu depuis qu'il est revenu de l'autre côté du mur.

*

* *

Une nuit, un petit homme chauve, squelettique, frappe à notre porte. Mon frère David lui ouvre. C'est un miraculé ! Il s'est, dit-il, échappé d'un convoi qui l'emmenait à Treblinka. Il paraît que les Allemands y tuent les Juifs, pour essayer de nouveaux engins de guerre. Nous partageons avec lui un bol de soupe. Puis il disparaît à son tour.

Je suis inquiète pour Yankel. Son père fouille toutes les cours où habitent ses connaissances. Il est même allé au commissariat où son fils travaillait.

Mes frères, eux, surveillent de leur côté le garde ukrainien posté devant le dépôt de légumes réservé aux patrouilleurs allemands du ghetto. Dès que l'Ukrainien semble inattentif, ils se précipitent pour remplir des sacoches de betteraves et de pommes de terre.

Les femmes s'enferment dans la cuisine pour nous préparer un véritable festin. Mais, au moment où nous nous penchons sur nos bols, les murs du ghetto tremblent de nouveau. Des explosions assourdissantes remplissent l'air. Des coups de mitraillette résonnent.

— Cette fois-ci, c'est la révolte juive ! fait mon père. Que Dieu, saint, saint soit son nom, nous aide !

Malgré la faim qui nous tord les boyaux, personne ne parvient à avaler ce repas pourtant si rare et si attendu. Les Juifs de Varsovie vivent leurs derniers jours. Mourir rassasiés ou affamés. Yankel est-il avec les insurgés ?

Selon Mendel, les Allemands, surpris par le courage des Juifs, mobilisent à la hâte des unités de SS, d'Ukrainiens, de Lettons, de Lituaniens, et même quelques Polonais. Ils ne tardent pas à cerner le grand ghetto délimité par les rues Leszno, Nowolipie, Bonifraterska et Smocza. Des amis, raconte Mendel, ont aperçu des blindés dans la rue Zamenhof.

À huit heures moins dix, je suis sur le palier, espérant voir paraître mon bien-aimé.

« Je l'ai cherché, et je ne l'ai point trouvé ; Je l'ai appelé, et il ne m'a point répondu. »

À huit heures trente, mon bien-aimé n'est toujours pas là. Je sors dans la cour, Topcia sur les talons. Dehors, tous les survivants se tiennent devant leurs immeubles, d'autres regardent par la fenêtre, d'autres encore depuis leur balcon. Qu'attendent-ils ?

Brusquement, je vois. Sous le porche voûté qui mène à la seconde cour surgissent quelques Allemands en uniforme SS, brassard rouge orné d'une croix gammée noire au bras, fusil à la main. Derrière eux, en rangs deux par deux, une centaine d'élèves de la yeshiva forment une colonne. Le rabbin, avec sa barbe blanche, en tête. Tous sont habillés de noir. Tous tiennent leur livre de prières. Encadrée par des gardes armés postés de chaque côté, la colonne avance alors que s'élève un murmure : les jeunes hommes récitent les Psaumes.

« De ma voix, je crie à l'Éternel, De ma voix j'implore l'Éternel. Je répands ma plainte devant lui, Je lui raconte ma détresse. »

Je suis bouleversée. À mes côtés, Topcia pleure. Au quatrième rang, je distingue mon bien-aimé. Puis la colonne s'arrête. Des nazis hurlent. Un soldat court. Un autre le rejoint. Leurs bottes frappent le pavé. Ai-je le temps de prendre dans ma chambre le Cantique des cantiques, mon psautier à moi ? Comme par miracle, tout se met soudain en ordre dans ma tête en désordre. Je ne me laisserai pas imposer le monde des nazis, ce monde de malheurs, sans rêves. Personne ne m'arrachera mon rêve à moi, le rêve des rêves ! Le chant des chants. Je le partagerai avec mon bien-aimé.

Je cours jusqu'à ma chambre, attrape la bible ouverte à la page du Cantique des cantiques, et reviens au moment où la colonne se remet en marche. « Les grandes eaux ne peuvent éteindre l'amour. Et les fleuves ne le submergeraient pas ; Quand un homme offrirait tous les biens de sa maison contre l'amour, Il ne s'attirerait que le mépris. »

Une fois la colonne à notre hauteur, je crie :

— Salomon !

Il m'aperçoit, me sourit, se tourne vers moi et me tend la main. Je me précipite vers lui et la saisis. La main de mon bien-aimé dans une main, et le Cantique des cantiques dans l'autre, j'avance à son côté.

– Reviens, reviens, Sulamithe !

Mon père m'appelle.

Mais ce monde me semble déjà si loin. Si loin du rêve. De mon rêve. « Qui est celle qui monte du désert, Appuyée sur son bien-aimé ? »

Intrigués, les Allemands ralentissent le pas. Les jeunes élèves de la yeshiva se regardent, ne sachant comment réagir. À la fois outrés et stupéfaits, ils s'écartent de nous.

– Sulamithe !

Topcia m'appelle à son tour.

La colonne est à présent scindée en deux. Au milieu, dans le vide que nous formons, il n'y a que Salomon et moi. Des exclamations, des désapprobations se font entendre. Les Allemands crient, mais on dirait que la scène les amuse. Le rabbin se retourne et, d'une voix forte, récite la septième bénédiction que nous avons l'habitude de prononcer lors des mariages : « Qu'on puisse bientôt entendre, dans les villes de la Judée et les rues de Jérusalem, la voix de l'allégresse et la voix de joie, la voix du jeune époux et la voix de la jeune épouse. »

Il veut ajouter encore quelques mots, mais un nazi l'interrompt en lui assenant un coup de crosse à l'estomac. Le rabbin se plie en deux, vacille, puis se redresse et reprend la récitation des Psaumes. La colonne s'ébranle.

Comme dans un brouillard, je vois défiler le visage de mon père, le visage de ma mère, de mes frères, de Mendel. Tous ces visages sont incrédules, médusés. Quelqu'un sur un balcon applaudit. Un nazi pointe son fusil dans sa direction et tire. Un cri de douleur couvre le murmure de la colonne.

Je serre plus fort la main de mon bien-aimé. « Fuis, mon bien-aimé ! Sois semblable à la gazelle ou au faon des biches, Sur les montagnes des aromates ! » Salomon, lui, marche la tête haute. Sa main s'agrippe à la mienne.

Nous voilà dans la rue. Des camions kaki, couverts de bâches grises, nous attendent. Tout autour, des soldats armés, et des chiens qui aboient. Devant nous, une dizaine d'élèves de la yeshiva montent dans un camion. Ce sera bientôt notre tour. Mon bien-aimé me regarde et, ô miracle, récite le Cantique des cantiques : « Habitante des jardins ! Des amis prêtent l'oreille à ta voix. Daigne me la faire entendre ! »

Ô comme j'aurais aimé faire entendre ma voix à tous ceux qui n'entendent pas ! Mais un deuxième camion s'avance et un soldat nous pousse dedans.

– *Schnell !* Vite !

Les moteurs des camions tournent.

Deux soldats tirent la bâche. Elle tombe comme un rideau. J'ai à peine le temps d'apercevoir l'entrée de notre immeuble, mon père qui court vers le camion les bras écartés, et Topcia qui crie :

– Sulamithe !

Seule fille parmi les garçons habillés de noir, tête baissée, je m'agrippe au bras de mon bien-aimé, le Cantique des cantiques contre ma poitrine.

Mon bien-aimé ne dit rien. Il serre ma main. Oui, l'hiver s'en ira. La saison de la chanson le remplacera et, de nouveau, résonnera dans notre pays la voix de la tourterelle !

Merci à Sophie Jaulmes de m'avoir assisté tout le long des recherches et de la rédaction de ce texte qui compte tout particulièrement pour moi.

Merci à Renaud Leblond de l'avoir relu avec amitié et attention.

Merci à Jean-David Morvan qui, enthousiasmé par ce récit, me propose d'en faire une bande dessinée.

Du même auteur

Le Fou et les Rois, Albin Michel, 1976. Prix Aujourd'hui 1976.

La Mémoire d'Abraham, Robert Laffont, 1983. Prix du Livre Inter 1984.

Les Fils d'Abraham, Robert Laffont, 1989.

Un homme, un cri, Robert Laffont, 1991.

Les Fous de la paix, avec Éric Laurent, Plon/Robert Laffont, 1994.

La Force du bien, Robert Laffont, 1995. Grand Prix du livre de Toulon pour l'ensemble de l'œuvre, 1995.

Le Messie, Robert Laffont, 1996.

Les Mystères de Jérusalem, Robert Laffont, 1999. Prix Océanes 2000.

Le Judaïsme raconté à mes filleuls, Robert Laffont, 1999.

Le Vent des Khazars, Robert Laffont, 2001.

La Bible au féminin :

Sarah, Robert Laffont, 2003.

Tsippora, Robert Laffont, 2003.

Lilah, Robert Laffont, 2004.

Marie, Robert Laffont, 2006.

Je me suis réveillé en colère, Robert Laffont, 2007.

La Reine de Saba, Robert Laffont, 2008. Prix Femmes de paix 2009.

Le Kabbaliste de Prague, Robert Laffont, 2010.

L'Inconnue de Birobidjan, Robert Laffont, 2012.

Faites-le !, Kero, 2013.

Les Femmes de l'islam :

Khadija, Robert Laffont, 2014.

Fatima, Robert Laffont, 2015.

Aïcha, Robert Laffont, 2015.

Réconciliez-vous !, Robert Laffont, 2015.

Ève, Robert Laffont, 2016.

Où allons-nous, mes amis ?, Robert Laffont, 2017.
Je rêvais de changer le monde. Mémoires, Robert Laffont/ XO Éditions, 2019.
Pourquoi les Juifs ?, Michel Lafon, 2020.
Un monde sans prophètes, Hugo & Cie, 2021.
La Juive de Shanghai, XO Éditions, 2022.

Composition et mise en pages
Nord Compo à Villeneuve-d'Ascq

Cet ouvrage
a été achevé d'imprimer
sur Roto-Page
par l'Imprimerie Floch à Mayenne
en avril 2024

N° d'édition : 5095/01 – N° d'impression : 104638
Dépôt légal : avril 2024

Imprimé en France